乙女ゲームは終了しました３

フリオ
ウィンウッド王国の
伯爵家の三男。学園を卒業し、
伴侶教育を受けるために
ベルクハイツ領に来た。
武闘派で面倒見がよい。
アレッタのことを
ずっと想っていた。
アレッタ
ウィンウッド王国の子爵令嬢。
特殊な家に育ったため、
貴族令嬢らしからぬ戦闘力を持つ。
とある騒動のせいで
それまでの婚約を解消し、
幼馴染のフリオと婚約した。

登場人物紹介
クリスティアン
隣国ルダム聖王国の公爵子息で、王位継承権を持つ。買いつけのためにベルクハイツ領を訪れた。
ファニー
ウィンウッド王国の子爵令嬢。正義感が強いが、思い込みが激しい。
アシュリー
マデリーンの弟。姉の婚約者が気になっている。
マデリーン
アレッタの先輩で公爵令嬢。本当の意味で誇り高い性格で、努力する人が好き。
グレゴリー
アレッタの四番目の兄であり、マデリーンの婚約者。生真面目で朴訥とした青年。

目次

アレッタの冬休み編

プロローグ

冬。

それは、新年明けの四日目のこと。

ウィンウッド王国では、国中が雪に覆われていた。

辺境にあるベルクハイツ領もまたその地を雪で真っ白に染め、しょっちゅう魔物の氾濫《スタンピード》を起こす『深魔《しんま》の森』も、眠りにつくように静まり返っている。

そんなベルクハイツ領に、数頭の飛竜が舞い降りた。

雪かきがされた飛竜乗り場に降り立つのは、ブランドン領の飛竜だ。

そして、その飛竜の背から降りてくる人物を見て、ベルクハイツ子爵家の末っ子で、次期当主のアレッタは瞳を輝かせた。

「フリオ!」

「アレッタ!」

赤毛に琥珀《こはく》色の瞳を持つ青年——フリオ・ブランドン伯爵令息は、愛しい婚約者を見つけて微笑《ほほえ》んだ。

アレッタはそんなフリオに満面の笑みを浮かべて飛びついた。

さて、なぜフリオが新年早々にベルクハイツ領にいるかと言うと、簡単に言えば婿入《むこい》り準備――つまり、伴侶教育を受けるためである。

昨年、フリオは無事に学園を卒業した。そのため、アレッタとの婚姻に備え、ベルクハイツ家に住むことになったのだ。

本来ならもっと後の予定だったのだが、フリオの実家――特にベルクハイツ家の熱心なファンであるブランドン伯爵がとうとうベルクハイツ子爵と縁づけられるとはしゃぎ、さっさとフリオをベルクハイツ家に送り出したのだ。

早く送り出されてもアレッタとの結婚は彼女が学園を卒業してからになるし、ベルクハイツ家にも迷惑だろうと言ったのに、父であるブランドン伯爵は教育を始めるのは早ければ早いほど良いだろうと言って聞かなかった。結局、フリオはこうして飛竜に乗る羽目になったのだ。

しかし、フリオと一緒にいられるので、アレッタはブランドン伯爵の性急な行動を喜んだ。

「じゃあ、行きましょうか！」

「ああ」

鼻歌でも歌い出しそうなアレッタに手をとられ、フリオは小さく笑う。

こうして、フリオのベルクハイツ家での生活が始まったのだった。

第一章

フリオがベルクハイツ家に来て五日。

フリオの歓迎会は身内のみで温かに、そして賑やかに行われた。

アレッタは学園が始まるまで毎日フリオに会えると大いに喜び、フリオもまた嬉しそうにしていた。

しかし……

「ぜんっぜん、会えない！」

そう言ってテーブルに突っ伏すアレッタを見下ろすのは、彼女の直属部隊である魔物討伐軍第十六部隊――通称『漢女部隊《ヲトメ》』の隊長、デリス・モンバートンである。

「アレッタ様もすっかり恋する乙女ね」

クッキーをつまむ時に垂れてきた自慢の金髪ドリルを後ろに払い、穏やかに笑む。

デリスの言葉に、クスクス笑って脚を組みなおすのは、赤いピンヒールが眩しい副隊長のセルジア・ウォーレンだ。

「最初の婚約者のお坊ちゃんの時とは大違いだわ」

揶揄《やゆ》するような言葉に、アレッタは唇を尖《とが》らせて顔を上げた。

顔を上げた先にある二人の顔は、微笑《ほほえ》ましいとでも言いたげな優しい表情をしていた。

アレッタが率《ひき》いるこの『漢女《ヲトメ》部隊』は、数多のオネェ様が所属するベルクハイツ軍一のイロモノ部隊である。

体は漢、心は乙女な彼女等は、戦場での経験から弾けてしまった者ばかりで、誰もが死んで後悔しない生き方というものを模索し、体現している。お陰様で、部隊の漢女《ヲトメ》達は筋骨隆々《きんこつりゅうりゅう》の逞《たくま》しい体をレースやフリルで飾り立て、思い思いの『美しい自分』となって日々を謳歌《おうか》していた。

そのため、彼女等の生き方は大変自由である。

「だって、同じ家に住んでいるのに、ちっとも顔を見られないのよ？　そりゃあ、伴侶教育が大変なのは分かるわ。けど、せめて食事くらい一緒にしたいの」

アレッタのその言葉に、二人はアラマァ、と顔を見合わせた。

「そうね、確かに食事は一緒にとりたいわよね」

「むしろ一緒に住んでいるなら、それくらいの時間を作る甲斐性が欲しいわ」

どれだけ忙しいかは知らないが、せめて朝食の時間くらいは合わせられるのではないか。

アレッタはデリスとセルジアの言葉に、我が意を得たりとばかりに叫んだ。

「そうなの！　忙しいのは分かってるから、無理にデートして欲しいとかじゃないのよ！　せめて食事を一緒にとって、顔が見たいだけなの！」

フリオが学んでいるのは、自分と結婚し、支えるためだと分かっているから邪魔はしたくない。

けれど、それはそれ、これはこれである。

ヤケ酒を飲むかのように紅茶を一気に呷《あお》ったアレッタに、セルジアがニヤリと悪戯《いたずら》っぽく笑った。

「ねえ、アレッタ様。オトコっていうのは、いつだって野暮《やぼ》な困ったちゃんなの。言わなきゃ分からないのよ。だ・か・ら」

赤い唇の端を吊《つ》り上げ、そそのかす。

「そういう時は、実力行使よ」

アレッタはぱちくりと目を瞬《またた》かせ、なるほど、と頷《うなず》いた。

＊＊＊

フリオは困っていた。

「まあ、そんなわけで、そうオネェ様にご助言いただいたのよ」

「ソッカー……」

愛しの婚約者、アレッタの機嫌が底辺である。絶体絶命のピンチであった。

「取りあえず、上からどいてくれないか？」

「え？　嫌」

笑顔で言われたであろうそれを、フリオは確かめられない。なぜなら、現在フリオはうつぶせで倒れており、その背にアレッタが腰を下ろしているからだ。まさに、物理的に尻に敷かれている。

「アレッタさ～ん！」

「イ・ヤ！」

なぜこんなことになっているかと言うと、それは数分前に遡《さかのぼ》る。

与えられた執務室で普通に仕事をしていたフリオが書類を持って立ち上がり、ドアへ向かって歩き出したところで、天井からアレッタが降って来たのだ。

「あぁぁぁぁ、もう！　お前、なんで天井なんかから降って来るんだ！　お前は隠密か!?　暗殺者か!?」

「ベルクハイツ家の次期当主よ！」

そうだった。暗殺者なんぞよりよっぽど恐ろしい次期当主様だった。

「ちなみに天井にはベルクハイツ家の影用の通路があるの。あとは気配を消して筋力任せで天井に張りついていただけね。すべてはだいたい筋肉のなせる技ってわけ！」

「筋肉がすべてを解決するみたいな言い方をするな！」

正直なところ、アレッタを跳ねのけて立ち上がることは可能なのだが、それをしたら後が怖いのでフリオは尻に敷かれた体勢から動かない。しかし、体は無事でも、男の尊厳は死にそうなので早めにどいてほしい。

「ねえ、フリオ。私が何に怒ってるのか分かる？」

「え……？」

アレッタの問いにフリオはその優秀な頭脳をフル回転させたが、心当たりがなかった。なにせ、伴侶教育が始まってからあまりの忙しさにアレッタと顔を合わせていなかったからだ。まさか、その『顔を合わせていない』ことに怒っているとは思わない。

「えっと……」

困った様子で視線を泳がせるフリオに、アレッタは溜息《ためいき》をつく。

「分からないのね」

「ハイ……」

観念して認めたフリオに、アレッタはもう一度溜息《ためいき》をついて立ち上がる。

解放されたフリオはアレッタの顔を見て、自主的に正座をした。

アレッタの顔は、まさに『無』だった。

（静かに怒っていらっしゃる！）

フリオが内心戦々恐々としていると、アレッタの静かな声が頭上から降って来た。

「フリオ、貴方《あなた》が忙しいのは分かってるのよ。けどね、それって、朝食すら一緒にとれないほどなの？」

「え？」

顔を上げたフリオに、アレッタは視線を合わせるようにしゃがみ込み、告げる。

「本当は夕食だって一緒にとりたいけど、仕事の進み次第ではままならないこともあるわよね。ちゃんとご飯を食べてくれているなら、今は、見逃してあげる」

今は、を強調され、いずれは見逃さないと暗に宣言された。

「無理してデートの時間を作って欲しい、って訳じゃないの。一緒に住んでいるんだから、せめて一日一回は顔が見たいだけなの。そんなささやかなお願いも叶えられないほど、忙しいの？」

フリオはぐっと言葉に詰《つ》まった。

朝食を一緒にとれないのは、食堂に行く時間すら惜しんで仕事をしているからである。しかし、アレッタと共に在るために頑張ってきて、今も頑張っているというのに、肝心の彼女と一度も顔を合わせられないというのは確かに本末転倒だと感じられた。

だいたい、アレッタはフリオの大変さを分かっていて、せめて一日一度だけでも顔を合わせ、食事をとりたいと言っているのだ。婚約者のささやかで可愛いお願いくらい叶えられずして、何が男と言うのか。

フリオは姿勢を正し、すまなかった、と素直に頭を下げた。

「よくよく考えたら、確かに朝食くらいはお前ととるべきだった。今やってる仕事なんだが、スケジュール的に夕食をとる時間が定まらない。だが、いずれはそちらもアレッタと一緒に食べられるように努力する」

それまで時間をくれるか？　と尋ねられ、アレッタはにっこりと笑ってフリオに抱き着いた。


そして、翌朝。

フリオは約束通りアレッタと共に朝食をとった。ただし、そこにはベルクハイツ子爵と夫人も同席していた。

その際、ベルクハイツの悪魔にそれはもう意味深な微笑《ほほえ》みを向けられ、フリオはお叱《しか》りを受ける寸前だったのだと察して、背に冷や汗を流したのだった。

翌日は今までのお詫びと言って、フリオが時間を作ってくれた。

それなら、せっかくだからアレッタの直属部隊である『漢女部隊《ヲトメ》』を紹介しようと、訓練後のお茶会へ招待した。

「訓練後にお茶会をしてるのか」

「ええ。他の部隊より早めに訓練を始めるようにして、お茶会の時間を捻出してるのよ。訓練の合間の休憩も兼ねてるけど、訓練内容の見直しや相談もするから、ただお茶をしてるわけじゃないのよ」

今日は魔物の素材で作った新しい戦闘服のお披露目も兼ねているのだと言うと、そうなのか、と感心したようにフリオは頷《うなず》いた。

そうして、二人は砦《とりで》の中にある薔薇園《ばらえん》へと辿りつく。

砦《とりで》の薔薇園《ばらえん》はなかなかの大きさで、その力の入れ具合たるや、いつの間にか温室が建っていたほどだ。

薔薇園《ばらえん》の温室内にはいくつかのテーブルと椅子が用意され、そこには色とりどりの可愛らしいマカロンや、カップケーキなどのお菓子が置かれている。並ぶティーポットやカップは、乙女が好みそうなイチゴの花と実が描かれた愛らしいものだ。

そして、それを用意していたフリフリのメイド服を着こんだ人物が振り返り、「アラ！」と黄色い声を出して微笑《ほほえ》んだ。

「アレッタ様、フリオ様。ようこそ、第十六部隊のお茶会へ！」

筋骨隆々《きんこつりゅうりゅう》の男――否、漢女《ヲトメ》が、お手本のようなカーテシーで二人を迎えてくれた。

それにアレッタは笑顔で応え、フリオは目に入って来た衝撃的な存在に一瞬固まりつつも、なんとか笑みを浮かべて震える声で招待に礼を言った。


後にフリオは語る。

あの時点で、色々と察するべきだったのだと……

＊＊＊

薔薇園《ばらえん》に、オホホ、と野太い漢女《ヲトメ》の笑い声が響く。

「あらあら、オリアナ様に叱《しか》られる寸前でしたのね」

「それは危なかったわねぇ」

デリスとセルジアの言葉に、フリオが苦笑いを返した。

あれからフリオは漢女《ヲトメ》部隊の面々に大歓迎され、アレッタと共に上座へ案内された。

そして、アレッタの傍《そば》にフリオ、その正面にデリス、その隣にセルジア、そして部隊の隊員達が座っていった。

アレッタは改めてテーブルに座る面々を見渡す。

筋骨隆々《きんこつりゅうりゅう》のオネェ様が思い思いのウックシイ恰好をして勢ぞろいしている光景は、なんとも言えぬ迫力があった。

やっぱりうちの部隊は個性的だなぁなどと、誰かに聞かれたら個性的では済まない光景だとツッコまれそうなことをアレッタが考えている横で、フリオは微笑《ほほえ》みを浮かべながらデリス達と和《なご》やかに会話をしていた。しかし、その目はどこか遠くを見ているかのようだった。

フリオは体と魂の性が一致しない人間を差別するつもりはまったくない。しかし、この光景を生み出している彼女等は、町にいる普通のオネェさんとは別種の生き物にしか見えず、ちょっと現実逃避をしたくなるのだ。

さて、そんなフリオの内心など知らず、アレッタは自分の直属部隊の面々と大切な婚約者が和《なご》やかに会話をしているのを嬉しそうに見ていた。

なにせ、アレッタの率《ひき》いる部隊はベルクハイツ領で一番クセが強いと言われている。そんな部隊の人間に気に入られたなら、他の部隊の人間とも打ち解けられるだろうと三番目の兄に言われていたのだ。

この様子ならば、フリオはどの部隊とも上手《うま》くやっていけるだろう。そんな安堵《あんど》から、アレッタの笑顔はより一層明るく輝いていた。

まさか別部隊の兵士達が、あのお茶会に交じって和《なご》やかに談笑できるなんてお嬢様の婿殿《むこどの》は只者《ただもの》じゃねぇ、とその肝の太さに感心しているとは夢にも思わない。

とんでもない試金石を使われ、それに合格したフリオは、そういえばと不意に呟《つぶや》く。

「今日は新しい戦闘服のお披露目と聞いたのですが」

「ええ、ちょっと着るのに手間取ってるようなの。デザインに凝《こ》るあまり、着るのに時間がかかるものを作っちゃったみたい。これは要改善ね」

肩を竦《すく》めるセルジアに、アレッタも頷《うなず》く。

「そうね。パーティーに行くためのドレスじゃなくて戦うための装備なんだから、すぐに着られるものじゃないと困るわ」

アレッタが責任者の顔でそう言うと、デリスはよく言って聞かせます、と頷《うなず》いた。

そんな話をしながら菓子をつまんでいると、隊員の一人が走り寄ってきてデリスに耳打ちした。

デリスは頷《うなず》き、アレッタに告げる。

「アレッタ様、準備ができたようです」

「そう。それじゃあ、始めて」

デリスが手を上げて合図すると、薔薇《ばら》の生け垣の向こうから、フード付きのマントを羽織った人間が出てきて、皆の前に立った。

セルジアが笑顔を浮かべて説明を始める。

「今回の戦闘服は、ブラッド・リザードの鱗《うろこ》で染色したこだわりの生地を使った逸品です。魔法攻撃に強く、奈落蜘蛛《くも》の糸を使ったことで強度も職人のお墨付きです」

ご覧くださいという言葉と同時に、その人物はマントを脱ぎすてた。

それは、一言で言うなら、やたらと攻撃力の高そうな魔法少女だった。

要所を飾るフリル。

胸元の大きなリボン。

スカートは膝上で大きく広がり、ふんだんにレースをあしらったパニエがチラリとのぞく。スカートとニーソックスの間の絶対領域は鳥肌ものだ。

ウエストは幅広の布でキュッと締められ、バックで大きなリボンを作っている。中に着ているシャツはボタンが多く、よく見てみると胸元は編み上げの飾りリボンだった。これは着るのに時間がかかるだろう。

これでキラキラした女児向けステッキを持ったらまさに魔法少女だ。しかし……

「フリフリゴリラ……」

魔法少女コスチュームを着ていたのは、筋骨隆々《きんこつりゅうりゅう》の髭《ひげ》の剃《そ》り跡が濃いオネェ様である。フリオの小さな呟《つぶや》きが誰の耳にも入らなかったのは、誰にとっても幸いだろう。

「デザインは良いけど、着るのに時間がかかりすぎ！　手直ししてね！」

アレッタの一声に、着用者は残念そうに了承し、生け垣の向こうへ消えた。

「次はある本に影響を受けたとかで、戦うメイドをコンセプトに作ったそうです。材料は――」

続けられた説明にうんうんとアレッタが興味深そうに頷《うなず》いた。フリオは「次があるのか……」と小さく呟《つぶや》き、その瞳からハイライトを消したのだった。

第二章

『漢女部隊《ヲトメ》』の新戦闘服のお披露目の翌日。アレッタは父アウグスト・ベルクハイツに呼び出され、執務室に向かった。

重厚で頑丈そうな、けれどよく見てみれば修復痕がある扉をノックすれば、低い誰何《すいか》の声が返って来た。

「アレッタです」

「入りなさい」

執務室に入ってみると、アウグストの他に三男であるディランがいた。

首を傾《かし》げるアレッタに、ディランは微笑《ほほえ》んで自分の隣に来るよう手招きした。

「どうしてディラン兄様がいらっしゃるんですか？」

「それはね、私も関係があるからだよ」

その答えにアレッタはパチクリと瞬《またた》き、アウグストを改めて見た。

相変わらず迫力満点の父は、二人の視線を受け、おもむろに口を開いた。

「今日アレッタを呼んだのは、人事異動のためだ」

その言葉にアレッタは珍しいな、と思った。アレッタの部隊には、死のふちから生還し色々な意味で目覚めた者から、矯正《きょうせい》不可能と見放された問題児まで、様々な者達が流れてくる。しかし、その異動に関してアウグストの口からわざわざ説明されるようなことはなかった。今回それがあるということは、この異動は何かしらの問題をはらんでいるということになる。

「異動になるのは誰ですか？」

アレッタが何かしら察したのを把握したアウグストはディランに視線を遣った。それを受けて、ディランは頷《うなず》いた。

「それに関しては、私から説明しよう。まず、今回異動になるのは、アラン・ウィンウッドだ」

「アラン・ウィンウッ……ド……？」

どこかで聞いた名だな、と思うと同時に、その名の該当者をすぐに思い出し、固まる。

「あの……、その人って……」

「元王太子殿下だ」

ですよねー！

アレッタは頬を引きつらせた。


ディランの説明によると、アランはベルクハイツ領に来た後、最初はグレゴリーの隊に配属されたらしい。

「しかし、問題行動が多くてね。すぐに私の隊に異動になった」

ディランの隊は、積極的に問題児を受け入れている。そこで、その問題児に矯正《きょうせい》ではなく調教が施される。

「ただね、継承権を失った王家のお荷物とはいえ、やはり王族だ。中途半端にカリスマ性がある上に、我《が》が強くてね。どうも教育が上手《うま》くいかない」

アレッタは脳裏に吠え続けるポメラニアンを描きつつ、先を促《うなが》す。

「そのうち、何やら意固地になってしまってね。彼の前に配属していたオトモダチのジョナサン・バナマンがいたのも良くなかった。問題児達と徒党を組んで、よからぬ相談をしていたんだ」

腐っても王族。アランは学園で同じ馬鹿をやったジョナサンに声をかけ、命知らずにもディランの隊内で派閥を作ろうとしたらしい。

しかし、ここはベルクハイツ領。誰もが恐れるベルクハイツ家である。中でも悪魔と名高いオリアナの血を最も濃く継ぐディランのお膝元でそんなことができるはずもなく、事はすぐに露見した。

結果、ジョナサン達は再調教、首謀者のアランは地獄行きが決定したのである。

「私はジョナサン達を徹底的に叩き直すつもりなんだが、そうするとアラン王子まで手が回らないんだ。だから、彼をアレッタの隊で引き受けて欲しい」

「そういうことですか」

なるほどな、と納得し、アレッタは頷《うなず》く。

「分かりました。アラン王子も最初は戸惑《とまど》うでしょうが、うちは面倒見の良い隊員が多いですし、そのうち馴染《なじ》めるでしょう」

にっこり笑んで頷《うなず》くアレッタに、アウグストとディランはなんとも言えぬ顔で応えた。

果たして、アレッタの言う「馴染《なじ》む」とは、どういう意味を持っているのか……

元王太子の自業自得な受難は、こうして決定されたのであった。

＊＊＊

さて、アランがアレッタの直属部隊に異動となったわけだが、アレッタとしてはあまり気にしていなかった。

確かに王家の血筋だが、ぶっちゃけ継承権と共に王都での居場所も失った王子である。悪魔と名高い母が引き抜いて来たのなら、アランはどうとでも処理できる男なのだ。つまり、ひどい話だが、ベルクハイツ領に着任が決まった時点で彼は詰《つ》んでいる。

ならば、何を遠慮する必要があるというのか。アレッタのすることはただ一つ。死なないように鍛《きた》えるだけである。

以前、アランがベルクハイツ領に来ると聞いて立てた訓練計画表を思い出しながら、問題児入りしたならそれ相応に厳しくしなければ、などと考え始める。地獄を煮詰《につ》めたような計画を立てつつ、目の前の扉をノックする。

「はい、どうぞ」

扉の向こうから、低くくぐもった声が入室の許可を出した。

アレッタは扉を開け、この部屋の主を見る。

「あら、アレッタ様。どうなさったんですか？」

この部屋の主は、金髪ドリルが眩しいゴリ——漢女《ヲトメ》、デリスだ。

「ちょっとごめんね。実は、一人異動してくることになったの」

そう言って書類を渡すと、それを読んだデリスが目を剥《む》いた。

「あらまあ。まさか、アラン王子が来るなんて……」

まさかの元王太子殿下の名に、デリスは少しの困惑を見せた。

「なんだか、派閥を作ろうとしたみたい。たぶん王都にいた頃の感覚で政治的活動をしちゃったのね」

権力者ゆえに染みついた行動なのかしら、とアレッタは言ったが、デリスはそれだけでない可能性が高いと考えた。

どうやらアレッタは、アランがベルクハイツ行きを選んだことから、目も当てられないほど性根が腐っているわけではないと思っているらしい。しかし、デリスはパーティー会場などという目立った場所で、冤罪《えんざい》を吹っかけて婚約破棄を宣言したという事実だけで、十分に地獄の釜《かま》で煮込むべき性根の持ち主であると判断している。

アレッタは年相応の人生経験が少なく、武力を鍛《きた》えることを優先したために、そうした人物評に甘さがある。そして、根が善良であることから人の裏を読むのが苦手だ。貴族の当主として問題ではあるが、デリスは今のままでもいいと思っている。

ベルクハイツ家は特殊な家だ。当主に一番求められているのは戦闘能力と、その力を正しく振るえる善良な心根だ。ベルクハイツの地を愛し、領民を愛しているなら、雑事は他の者が負えばいい。

それに、そうしたことを捌《さば》くのは、伴侶の仕事である。次のベルクハイツの伴侶もなかなか期待できそうな若者であったし、アレッタも若く、先が長い。人を見る目はこれから磨けば良いのである。

「なんにせよ、了解いたしました。しっかり鍛《きた》え直して見せますわ」

「ええ、お願い。私も冬休み中は手を貸すから、よろしくね！」

弾けるような笑顔を前に、デリスもまたにっこりと笑顔を返した。

だいたい、ベルクハイツにナニカすれば、アレッタの甘さがどうであろうと、結果はすべて同じだ。

相手の性根が正されるまで、叩き直す。

人は善意で人を地獄へ突き落とせるものなのである。

＊＊＊

その日、アレッタはご機嫌だった。

なんと、フリオが急にお休みを貰《もら》えることになり、急遽デートに誘われたのだ。なんでも、疲れが出たのか『漢女《ヲトメ》部隊』の新戦闘服のお披露目会の途中から記憶がないほどらしい。アレッタは寝ていたほうが良いのではないかと言ったが、フリオだけではなく両親からも大丈夫だと言われたので、それならと素直にデートを楽しむことにした。

彼が仕事に慣れるまでそういうことは難しいと思っていただけに、アレッタの足音は軽やかに弾んでいる。

実はアレッタはフリオと共に宝飾店へ行きたかったのだ。

現在、アレッタの耳にはフリオから貰《もら》ったフリオの瞳の色をした琥珀《こはく》のピアスが輝いている。これはフリオの独占欲の証である。ならば、アレッタだってフリオの耳にアレッタの瞳の色、緑色の石を贈らねばならないだろう。

ふふふん、と鼻歌交じりのアレッタに苦笑しながら、フリオは歩調を合わせてゆっくりと歩く。

「それで、目的地は『アルベンド宝飾店』で良いのか？」

「ええ。ベルクハイツ家御用達の店なの」

普通の宝石から、魔物素材の宝飾品まで幅広く取り扱っている老舗《しにせ》である。デザインもさることながら、店主の初老の紳士や店員が気持ちの良い接客をするので、アレッタは宝飾品を買うならその店と決めていた。

「ここでフリオのピアスを買いましょうね！」

「お、おう……」

フリオは照れた様子でそっぽを向いたが、アレッタが絡ませた腕をほどこうとはせず、そのまま一緒に店へ入った。

そしてその途端、目に入った光景に二人の目が点になった。

「だから、この店で一番良いネックレスを持って来いと言っているんだ！　この俺を誰だと思っている！　王子殿下の側近であり、王宮騎士団長の息子のジョナサン・バナマンだぞ！」

「ジョナサン様、素敵！」

アレッタとフリオはそっと顔を見合わせる。

――あれって、ホンモノ？

――ああ、残念ながら幻でもなんでもなく、実態を伴うホンモノだな。

そんな会話を目だけで交わしながら、再び視線をジョナサンのほうへ戻す。

脳筋騎士ジョナサンは、少々化粧の濃いお嬢さんを腕にまとわりつかせながら、居丈高に店員を恫喝《どうかつ》していた。王都にいた頃にはあったはずの正義感は見る影もなく、それが脆弱《ぜいじゃく》なメッキだったことが分かる光景だ。

あれがアランと再会した結果か、とアレッタは冷めた目で見る。

ジョナサンがこのベルクハイツ領に引き抜かれ、ディランの隊に配属されてから、それなりの時間が過ぎていた。恐らく、フラストレーションが溜まっていたところに過去の特権階級の象徴が来て、その身に叩き込まれたはずの数々の教えを捨てて飛びついてしまったのだろう。つまり、楽なほうに逃げたのだ。

「ディラン兄様の貴重な時間を無駄にしたわけね……」

アレッタの低い声に、隣にいるフリオの肩が跳ねた。

ディランは兄妹の中で最も忙しい。長兄のゲイルもなかなか忙しい人であるが、母に似て頭の出来がとても良かったディランは、領地を守る戦士としての仕事以外にも、少々厄介《やっかい》な仕事を抱えている。

そんなディランの時間を無駄にしたとあれば、家族を大切にしているアレッタは当然カチンとくる。

アレッタはにっこりと微笑《ほほえ》み、腕まくりをして愚か者ジョナサンの元へ近づいていったのだった。

＊＊＊

ズリズリズリ、と雪かきをされた石畳の上に、一本の線が引かれる。

その線を引く物体の正体は、アレッタによってキュッと締められて気を失ったジョナサンだ。

アレッタはジョナサンの襟首《えりくび》を持って容赦なく道を引きずり、フリオはその隣を苦笑しながら歩く。

道行く人はその光景にぎょっと目を剥《む》くものの、引きずっているのがアレッタと分かるといつものことかとにっこり微笑《ほほえ》み、中には「お仕事お疲れ様です」と声までかけていく人もいた。

ちなみにジョナサンの腕に巻きついていたお嬢さんだが、簡単に締め落とされたジョナサンを見て、慌てて逃げていった。

流石《さすが》にこの状況で店で買い物をする気にはなれなかったアレッタは、ジョナサンを巡回兵の詰《つ》め所《しょ》へ連れていった。

そこで、イキがった脱走新兵なのでディランの部隊の訓練所に放り込んでおいてくれと頼み、アレッタは一仕事終えた顔で詰《つ》め所《しょ》を出た。

「フリオ。予定が狂っちゃったけど、他にどこか行きたいところとかある？」

「あー……、そうだな。とりあえず表通りをぶらついてみるか」

フリオは気を取り直すように明るく笑って、アレッタに自分の腕を差し出した。


冬の町は寒く、雪かきがされているとはいえ、石畳は雪で隠れてしまっているところが多い。

それでも、ここは表通りだ。人通りは多く、人々は白い息を吐きながら雪道を歩いている。

たまにツルリと滑って転ぶのは、雪靴を履くのを嫌がった洒落者《しゃれもの》だ。雪靴は比較的安全に雪道や凍った道を歩けるが、流行から外れたずんぐりとした外見をしているため、洒落者《しゃれもの》には少々不評である。

アレッタはそんな雪靴を履いて、フリオと腕を組みながらご機嫌で通りを歩いていた。

アレッタは、このずんぐりモコモコした雪靴が好きだった。だって、シルエットが可愛いのだ。今の流行はスッキリとしたシルエットのものだが、好みは人それぞれだろう。

そんな雪靴でポコポコ歩きながら、自分より高い位置にあるフリオの顔を見上げる。

フリオは寒さで鼻の頭を赤くしながら、白い息を吐いていた。

「アレッタ、何か欲しい物とかあるか？」

「え？　うーん……、特にない、かなぁ……？」

フリオのピアスは欲しいが、今から宝飾店に戻る気分ではない。小首を傾《かし》げながらそう答えるアレッタに、そうか、とフリオが頷《うなず》く。

「それならちょっと寄りたいところがあるんだが、いいか？」

「もちろん、大丈夫よ！」

弾けるような返事にフリオも笑みを返し、二人は再び歩き出した。

フリオの目的地は、表通りから外れ、奥まったところにある雑貨店だった。

そこには女性が好みそうな小物や、冒険者が必要とするようなちょっとした旅の必需品や回復薬などが売られていた。

フリオは商品棚から疲労回復薬を選び、カウンターへ持っていく。その時、アレッタは見た。商品を渡す際、さりげなく小さな紙片を店員に渡すのを――

それを見て、アレッタは、もしかして、とフリオを横目で見た。

「新商品のドライフルーツも一緒にいかがですか？」

「へえ、じゃあそれも頼むよ」

まいどありー、と店員は店の奥へ引っ込んでいく。

「フリオ」

問うように名を呼べば、彼は笑みを深めてアレッタを見た。

その顔に自分の予想が正しかったことを知り、なるほどねとアレッタは納得して視線を外した。

しばらくして店員が商品を紙袋に入れて持って来たので、支払いをして店を出た。

「……お金、あれだけで足りたの？」

「大したモノじゃないからな」

ドライフルーツの代金は、通常のものよりだいぶ高かった。それが純粋にドライフルーツの代金なら、ちょっと文句が出るような額だ。

しかし、アレッタは支払った代金が品物に対し妥当かどうか心配していた。それがどういう意味かと言うと——

「あそこ、情報屋だったのね。知らなかったなぁ……」

「あの場所で商売を始めたのは最近だ。元々、あそこの店主は違う場所で情報を売ってたんだが、都合が悪くなって引っ越してきたんだよ」

そう言ってフリオは紙袋の中から一枚の紙を取り出し、軽く目を通すと、再び紙袋の中へと仕舞った。

そう。フリオはあの雑貨屋で情報を買ったのだ。

「うちの影じゃ駄目だったの？」

「いや、わざわざ影を使うほどの情報じゃなかったからな。町に出たついでだ」

と会話をしていると、細い路地から見るからにガラの悪い男達が出てきた。

おやと目を丸くしていると、男達は下卑《げび》た笑みを浮かべながらアレッタ達を取り囲んだ。

「よぉ、お二人さん。デートかぁ？」

「いいなぁ、セイシュン、ってやつか？」

「有り金全部置いてきな」

「馬鹿野郎、有り金じゃ足りねぇよ。男は身ぐるみ剥《は》いで、女は俺達が楽しんだ後、売っぱらうんだよ！」

そりゃ良いな、とゲラゲラと笑って下品なことを言う男達に、アレッタはにっこり笑い、拳《こぶし》を握ったのだった。

＊＊＊

――ドサ！

細い路地に、重い物が倒れた音が響いた。

倒れたのは、大柄な男だ。

男の下には既にガラの悪い男が倒れており、その下にはさらに男がいる。

積み重なったむさくるしい男の山を前に、アレッタは爽《さわ》やかな笑顔を浮かべて言った。

「ああ、いい運動になった！」

「ソッカー……、良かったなー……」

遠い目をするのは、久しぶりのデートに実はちょっとウキウキしていたフリオだ。

ジョナサンのこともあったので難しいとは思っていたが、あわよくばちょっと甘い雰囲気にならないかな、と期待していただけに、この展開には肩を落とすしかない。

「いや、そもそもアレッタと一緒にいて表通りを外れた俺が悪い。ちょっと治安が悪いところに行って、変な奴に絡まれないはずがなかったんだ……」

　ブツブツと反省を口にするフリオに、アレッタは首を傾《かし》げた。

「フリオー、これどうしたらいいかな？」

「待て、ちょっと巡回兵に知らせてくる。お前は見張っといてくれ」

「はーい」

　すぐにフリオは兵士を連れて戻ってきた。兵士は二人に礼を述べつつ、縄で男達を拘束して連行していった。その際、男達がよそから流れて来た指名手配犯であると聞かされたアレッタは目を瞬《またた》かせた。

「よくうちに来ようなんて思ったわね。裏社会じゃベルクハイツの名は結構売れてると思うのに」

「そりゃ、正確に伝わってるのが国内だけだからだろうな。大げさに言ってると思われて、他国じゃ過小評価されてるんだよ」

　アレッタは少し驚くが、もしかするとそのほうが良いのかもしれないなと思い直す。ベルクハイツの名が売れすぎるあまりに、他国から妙な探りや勧誘があっても面倒だからだ。

「……って、あれ？　もしかして……」

　思考に引っかかることがあって、フリオの顔をそっと見上げれば、彼はイイ笑みを浮かべていた。

「ああ、そういう……」

　そういう風に情報操作してるんですね、分かります。

　フリオの笑顔は、某悪魔の笑みと実によく似ていた。

第三章

さて、フリオとのデートの翌日、ついにアランがアレッタの部隊にやってきた。

金髪碧眼の乙女が夢に見るような美しい王子様だが、そのルックスに似合わず、中身は困ったお坊ちゃんである。アレッタは彼と対面して、ようやくそのことを把握した。

「フン、この私にこのように貧相な女の下につけとは……。まったく子爵は何を考えているのか」

「ワオ」

ディランの執務室で顔を合わせたアランは、典型的な傲慢《ごうまん》王子であった。乙女ゲームのちょっと俺様だけど優雅な王子様キャラの面影はどこにもない。ここまで堕《お》ちたのは本人の責任だろうが、彼がここまで堕《お》ちる原因になったヒロインもまた罪深い。

かの乙女ゲームファンが見たら嘆くだろう、人気投票ナンバーワンだったヒーローの惨状を生温かい目で見ながら、アレッタは練っていた訓練計画を地獄の釜《かま》で煮込むものから地獄の業火で焼き尽くすレベルのものに変更することを決めた。

自分が地獄の釜《かま》の蓋を開けるどころか、炉に飛び込むようなことをしたとは気づかず、アランは尚も言葉を重ねる。

「おい。女の身で上に立つなど辛いだろう。私にその地位を譲るといい」

これはもしや善意を装っているつもりなのだろうか？

あからさまに見下されているのが分かるのだが、アレッタが喜んでその地位を明け渡すと心から信じている顔をしている。

思考回路がバグってやがる、と思いながらディランを見ると、兄は母親譲りの笑みを浮かべていた。

「ははは、アラン王子は冗談が下手だね。アレッタ、アラン王子は自らこの地で戦うことを志願した勇敢な精神の持ち主だ。残念ながら我が隊とは気風が合わなかったらしく、お前の隊に異動となった。存分に磨き上げてくれ」

「了解しました」

地獄の炉にくべて叩き直せとの仰《おお》せだ。

ベルクハイツ兄妹の会話にギャーギャーと文句を言い出したオウジサマを無視し、二人はにっこり微笑《ほほえ》み合った。

しかしながら、アレッタは確かにアランを困ったお坊ちゃんと認識し直したが、デリスのように性根が腐っているとまでは考えていなかった。叩き直せばいずれは戦士の面構えになるでしょう、と思っているあたり、脳筋というべきか素直でピュアな性格というべきか。見る人によって意見が分かれるだろう。

身内びいき以外では圧倒的に前者へ票が入れられるだろう思考を携え、アレッタはアランを伴って漢女達《ヲトメ》が集う第十六部隊の隊室へ向かった。

そんなアレッタの後ろをアランは不満そうな顔で歩いていたが、道中で「頑張れ」だの「気を強く持てよ」だの「合格点に達したら元の隊へ戻れるから」だのと声をかけられ、さすがの尊大王子もだんだん不安になってきた。なにせ、声をかけてきた連中は明らかにアランの身を案じている様子だったのだ。

ディランの隊に配属された時に、継承権を剥奪《はくだつ》されたとはいえ尊き王家の血筋たるアランに一切忖度《そんたく》せずただただしごきあげにきた男達が、ここに来て心配する様子を見せているのである。不安になるのは当然だった。

この先に待つのは、果たして栄光への架け橋か、それとも奈落に通ずる崖か……

見えて来た扉に、思わずゴクリと息を呑む。

そうして、運命の時が訪れた。

ここが今度からアランが所属する部隊の隊室だとアレッタが言ってその扉を開けて――アランは見た。

「きゃぁぁぁぁ！　ヤダ、ホントに王子様だわ！」

「ホンモノよ、ホンモノ！」

「金髪碧眼の美男子！　ヤダァ、若ーい！　カワイイ！」

「あらぁ、でもちょっとナマイキそうね！」

「何言ってるのよ、ここに来る子は最初はみんなナマイキ君じゃない！」

「そう言えばそうね！」

「よく来たわね、歓迎しちゃう！」

「ねえ、おさわりはどこまでなら大丈夫かしら？」

「ねえ、馬鹿ねぇ、それはセクハラよ。淑女たるもの、お淑《しと》やかにしなくっちゃ！」

「ヤダ、冗談よ、冗談！」

「けど、お淑《しと》やかだなんて、アタシ達とは縁遠い言葉ね」

「あら。だからこそ、そう心がけることが大切なんじゃない」

「その通りだわ」

「ふふふ、そうね。淑女、淑女ね。安心して、ワタシは貞淑な乙女だから！」

右を見れば筋肉。

左を見れば割れた顎《あご》。

正面を見ればバックに咲き乱れるラフレシア。

アランは己《おのれ》の目を疑った。ナンダコレ。

今まで見たことも聞いたこともない化け物が大量にいたのだ。

そして、フリルやレースをふんだんに使った衣装をまとったゴリラ達は、姦《かしま》しく騒ぎ獲物を見る様な目でアランを見ている。

絹の産着にくるまれて、王宮という籠で大事に大事に育てられた箱入りお坊ちゃんの貧弱な精神は、漢女《ヲトメ》の熱視線に耐えられず……

「ふぅ……」

アランはそのまま白目を剥《む》いて、その意識を彼方へと旅立たせたのだった。

＊＊＊

冬の『深魔《しんま》の森』は静かだ。

しかし、時折むずがるように不穏な空気をもらす。

その日、ベルクハイツ領の砦《とりで》の中では緊張した空気が流れていた。魔物の氾濫の兆しがあると報告が入ったからだ。

冬場の魔物の氾濫《スタンピード》は規模が小さいが、食料が少ないため腹を空かせており、その凶暴性は増している。厄介《やっかい》であることには変わりない。

すぐに情報収集に走り、数日後には隊長格が集まって軍議が始まった。

「今回の魔物の氾濫《スタンピード》も、やはり小規模のものだ。もしかすると普段の半分程度かもしれん」

「とはいえ魔物の氾濫《スタンピード》ですからね。出撃部隊は余裕を持たせましょう」

ベルクハイツ家長男のゲイルの言葉に、三男のディランが言葉を重ねる。

「つまりは、いつも通りということか！」

次男のバーナードが快活に言い、四男のグレゴリーがふむ、と考えるそぶりを見せた。

「しかし、小規模なら少しは兵を休ませられるな」

「まあ、待機させるから完全なお休みはあげられないけどね」

グレゴリーの言葉に、アレッタが苦笑いする。

軍議で発言するのは、ベルクハイツ家の戦士達と、彼等の直属部隊の隊長格である。

それぞれが自軍の報告を行い、作戦行動を確認していく。その際、ふと、新入部隊員の話になった。

「そういえば、アラン王子はどうだ？　確か、最近アレッタのところに異動になっただろう」

「ああ、それが……」

アランは気を失ったあの日からどうにも体調が思わしくないようで、目を覚ましては気絶する、ということを繰り返している。そのせいもあって、彼は訓練があまりできていなかった。

「お医者様に診てもらったんだけど、精神的なものらしいわ。部下達が看病してくれていたんだけど、お医者様の指示で今は治療院に入院してるの」

「……そうか」

アレッタの言葉に、男達は遠い目をした。

男達は、アレッタの話から色々と察したのだ。アランが気絶した原因は、間違いなく漢女《ヲトメ》達のせいだろう。キッツいアレは王都育ちのボンボンの理解を超え、脳が自己を守るために強制シャットアウトしたに違いない。そして、アレッタはアランの看病を部隊の部下、つまり、原因である漢女《ヲトメ》達にさせていたのだ。気絶から目覚めたら、その原因が目の前に……。その結果、再び気絶。死の反復現象である。

医師はその原因から引きはがすために入院させたのだろうが、情に厚い漢女《ヲトメ》達のことである。絶対にお見舞いに行くだろう。

男達はアランの冥福を祈った。

＊＊＊

可哀想な王子様のことはともかく、今は魔物の氾濫《スタンピード》である。

『深魔《しんま》の森』から溢《あふ》れ出たのは、主に狼型、狐型、熊型の魔物だ。兎型やら猪型やらが出てこないのは、既に喰われたからだろう。森に獲物がいなくなり、まるで示し合わせたかのように大型の魔物が餌を求めて溢《あふ》れ出る。これが、ベルクハイツ領の冬の魔物の氾濫《スタンピード》である。

ベルクハイツ領の領主であり、最も優れた戦士でもあるベルクハイツ子爵ことアウグストは、魔物の群れを眺めながら大剣を抜く。

そして、自身の跡継ぎであるアレッタが布陣されている方向をちらりと見て、再び視線を魔物の群れへ戻した。

魔物の群れは、厚く積もった雪を蹴《け》散《ち》らし、境界線を越えようとしていた。

「魔術師部隊、構え！」

アウグストの言葉に、魔術師達が魔物の群れを睨《にら》みつけて杖を掲《かか》げる。

「撃てぇぇぇぇぇぇ！」

号令と共に、特大の火球が戦場を駆けた。

轟音《ごうおん》と共に魔物へ着弾し、魔物と周囲の雪ごと吹き飛ばし、蒸発させる。

魔物が倒れ、雪が解けて濡れた大地が姿を見せた。その大地の上に、後続の魔物が続々と足をつけ、走る。

アウグストは大剣を魔物へ向け、声を張り上げた。

「全軍、突撃！」

——オォォォォォ!!

尊敬する領主の号令を受け、戦士達は勇ましく駆けだした。


「もう、ヤダァ！　地面がぬかるんでて、服がぐちょぐちょだわ！」

「早く！　帰って！　シャワーを！　浴びたい！　わね！」

アレッタ直属部隊、通称『漢女《ヲトメ》部隊』は魔物を殴り飛ばし、斬り払いながら足場の悪さを嘆いていた。

火球によって溶けた雪は地面に吸い込まれ、泥となって跳ね上がる。

それらは鎧《よろい》や衣服を汚し、漢女《ヲトメ》達は跳ね上がる泥が体を汚すごとに鬱陶《うっとう》しそうに顔を顰《しか》めた。

乱戦の中、アレッタが大剣を振るい、熊を二頭同時に吹き飛ばす。吹き飛ばされた熊は後続の魔物を巻き込んで地面を転がり、沈黙した。

「アレッタ様、調子が良さそうね」

「あら、それよりもっと調子がよさそうな方がいるわよ」

そう言って示した先にいたのは、アウグストだ。

「ふんっ！」

気合一閃。

熊も狼もその一閃で絶命し、十頭近くの後続の魔物を巻き込んで吹き飛んでいった。さながら、暴走飛竜の衝突事故の如《ごと》き有様《ありさま》だった。

「きっとアレッタ様がいらっしゃるからね」

「あら、そうなの？」

漢女《ヲトメ》部隊の副隊長であるセルジアの言葉に、他の隊員達が目を瞬《またた》かせる。

「ほら、アレッタ様って今は学園に通ってるじゃない？　それが今回は久しぶりに一緒に戦場に出たわけよ。父親としてちょっと良いところを見せようとしてるんだわ」

「ああ、なるほどね！」

誰もが恐れるベルクハイツ領最強の戦士も、その実態は娘を持つ父親ってわけね、と漢女《ヲトメ》達は微《ほ》笑《え》ましげにアウグストを見遣る。

「領主様ったらあーんな怖い顔して、カワイイところがあるのね！」

「ギャップがあるオトコって素敵よね！」

「あーん、領主様がフリーだったら狙ってたのにぃ！」

襲い来る魔物を殴り倒しながら姦《かしま》しく騒ぐ漢女《ヲトメ》達に、比較的近くで戦っていた別部隊の兵士達は青褪《あおざ》めながらも無心で魔物を屠《ほふ》っていた。魔物より味方のほうが怖いとは、これ如何《いか》に……

アウグストが原因不明の悪寒に襲われている頃、アレッタは狐型の魔物を綺麗に仕留めんと気を遣いつつ大剣の腹で殴り飛ばしていた。

「よっし！　資金確保！」

狐型の魔物の毛皮は高く売れる。泥が毛皮を汚す前に距離を詰《つ》め、雪原の上に飛ばしたので比較的状態が良いだろう。

獲った狐の皮算用をしながら、アレッタは背後から襲いかかってきた狼型の魔物を振り向きざまに蹴《け》り飛《と》ばした。

狼はもんどりうって転がっていき、その先にいた魔物をドミノ倒しの如《ごと》く倒していった。

狼はそのまま動かなくなったが、巻き込まれた魔物達は不機嫌そうに唸《うな》り声をあげて身を起こし、アレッタに襲いかかってきた。

それに向かってアレッタは大剣を奥に引き、構える。

ばらばらに飛びかかってくるそれらに、呼吸を一つ。

そして……

「ふっ！」

大剣に魔力を籠め、それを扇であおぐかのように振れば、剣から衝撃波が生まれ、襲いかかってきた魔物達をすべて吹き飛ばした。

転がって目を回す魔物達に兵が駆け寄り、次々にとどめを刺していく。その連携を横目に確認し、アレッタは新たな獲物に視線を向け、ニヤリ、と笑った。

「久しぶりに大暴れできそうね」

その笑顔は、まさにベルクハイツの名に相応《ふさわ》しい不敵なものだった。

＊＊＊

魔物の氾濫《スタンピード》は二時間ほどで終息した。

これが夏なら最低でも四半日、長くて二日程度はかかるのだが、魔物の数に比例して冬はかかる時間が短い。

討伐された魔物は次々に回収され、倉庫へと運び込まれる。そして、そのまま流れるように解体されて素材になり、目を血走らせて鑑定した職員によって価格が定められていく。

そうして作成された素材の書類は各部署に回され、魔物素材を販路に乗せるべく動き出す。戦士達が命懸けで狩ったそれらは、この領地を栄えさせ、守るための資金となるのだ。半端な仕事などできるはずもなく、押し寄せる商人の値切り交渉をアルカイックスマイルでかわし、袖の下を渡して横紙破りをしようとする新顔商人を手に持つボードで殴り倒す。

そんな、各部署で起こる魔物の氾濫《スタンピード》明けの修羅場《しゅらば》を、フリオも体験していた。

算盤《そろばん》片手に目にも留まらぬ速さで計算し、それをひたすら書類に書いていく。彼の目の下にできた隈と随分《ずいぶん》とくたびれた身なりから、いくらかの無理を重ねたのだと分かる。

そろそろこの若い上司を休ませるべきか、と彼に付けられた部下達が思った時には、ちょっと遅かった。

環境の変化による無自覚なストレスと、無理を重ねたことにより、フリオは熱を出したのだ。

アレッタは眠るフリオの額から手拭いを取り、ぬるくなったそれを水で濡らして絞って再び額に載せた。

「随分《ずいぶん》忙しそうにしてたものね」

学園の騎士科に所属し、体を鍛《きた》えていたフリオには、人並み以上の体力があった。しかし、それでも追いつかないほどの疲労が溜まっていたのだ。

「もうちょっと、のんびりしてくれても良いんだけど」

ベルクハイツ領の次期領主である自分に相応《ふさわ》しい男にならんと、フリオはもがいている。

その努力は着実に結果を実らせているのだが、それで満足せず力を渇望し、次から次へとあらゆる方面へ手を伸ばす。一時休みを与えられ、少しはマシになったかと思ったのだが、魔物の氾濫《スタンピード》のせいで再びペース配分が狂ったようだ。あれもこれもと仕事を抱え込み、キャパシティーオーバーで倒れた。まったく、困った婚約者様である。

アレッタは眠るフリオを愛しげに見て、目を細める。

「私が言っても聞かないんでしょうね」

仕事に関してはアレッタはアレッタの、フリオはフリオの領分があり、それは侵しがたいものだ。

「お母様に頼むしかないかな……」

フリオの先達であるベルクハイツの悪魔たる母もまた、彼が通った道を歩いてきたのだ。きっと、説得力が違うだろう。

アレッタはしばしフリオの寝顔を眺め、ふっと悔しそうに笑う。

「無理しないでね、フリオ……」

そうして小さく呟《つぶや》き、その頬をつついた。

＊＊＊

さて、アレッタがフリオを見舞っている頃、治療院でもお見舞いイベントが起きていた。

それは……

「やだもう、アラン様ったら、冗談がお上手ね！」

「ははは、そうかな？　私はよくつまらない男だと言われていたんだが」

漢女《ヲトメ》によるアラン王子のお見舞いイベントである。

倒れたアランは原因である漢女《ヲトメ》達の看病から逃れるために治療院に入院という措置を取った。しかし、今度は心配した漢女《ヲトメ》達によるお見舞いイベントが発生したため、回数は減ったものの、死の反復現象は続いた。

けれど人間とはなかなかしぶといもので、アランは最近どうにか漢女《ヲトメ》達に慣れてきた。そして不本意ながら、彼女達の行動パターンの理解も深まってきたのだ。

どうも、漢女《ヲトメ》達は生意気な男にしつこく絡むらしい。

アランも最初は漢女《ヲトメ》達を遠ざけようと罵倒し、怒鳴り散らしたのだが、そうすると彼女達は「ヤダァ、ナマイキ君ね！」とキャッキャキャウホホと盛り上がり、アランに絡み続けるのだ。

途中、ジョナサンがアランのないも同然の権力目当てに見舞いに訪れたが、網タイツをはいたゴリラを目撃し、即座に病室の扉を閉めて走って逃げた。己《おのれ》の問題行動は自覚できずとも、最低限の状況判断能力は残っていたようだ。

しかしながら、じりじりと生命力を削られていく状態が長く続くと、見かねた治療院の医師から、令嬢にするように紳士的な対応をすると良い、と助言を受けた。

普段であればその様な助言は受け入れなかったのだが、アランの生命力はその頃既にレッドゾーンへ突入していた。藁《わら》にも縋《すが》る思いで令嬢を相手にするように接すると、漢女《ヲトメ》達の態度も紳士に対するものへと変わっていった。さらに社交界で鍛《きた》え、暫《しばら》く使っていなかったそれとなくあしらう方法をとったところ、漢女《ヲトメ》達と接する時間は減っていった。

「なぜディラン・ベルクハイツが私をあの部隊に放り込んだのかがよく分かった。私は、まずいことをしてきたのだな」

「殿下……」

医師は若者の成長に涙する。

そんな医師を横に、アランは悟りを開いたかのような顔で遠くを見つめる。

人生、無駄な経験などなく、人は自分の行動を映す鏡なのだと思い知った瞬間だった。

第四章

さて、アランが病室で不本意ながら己《おのれ》を見つめ直している頃、ジョナサンは砦《とりで》のゴミ箱に八つ当たりしていた。

ガゴン、と蹴《け》っ飛《と》ばしたゴミ箱が、壁にぶつかって派手にゴミをまき散らす。

反省すべき人間その二は、ちっとも反省していなかった。

王都に戻りたい、生活資金が足りないのでせめて金を援助して欲しいと実家に連絡しても返事はなく、引っかけた女はジョナサンが王都から追い出された人間と知るや否や、金も権力もない男には用はないと罵り、他の男にすり寄っていった。

くさくさした気持ちで砦《とりで》の中をあてもなくうろついていると、見覚えのある後ろ姿を見つけた。

「フィル！」

その声に振り返ったのは、可愛らしい小柄な美少年――フィル・クーガンだ。

彼もまた王都でやらかし、悪魔《オリアナ》に回収された一人だ。彼は魔術師団長の息子であり、その血に相応《ふさわ》しく魔術の才能に恵まれた少年であった。

フィルは駆け寄って来たジョナサンに「ああ、久しぶりだね」と疲れた様子で挨拶《あいさつ》した。

「フィ、フィル、随分《ずいぶん》と疲れてるみたいだが……」

フィルのくたびれぶりに驚いたジョナサンが思わずそう言うと、フィルはうんざりした様子で「当たり前だろ」と告げた。

「僕の所属してる部隊は、ベルクハイツ領屈指の脳筋部隊なんだよ？　本来、僕みたいな魔術師が所属するような部隊じゃないんだ。それなのに、あんな部隊に所属させられて……」

一に筋肉、二に筋肉、魔術もいいがまずは筋肉だ、と今は筋肉をつけろと筋トレをさせられ、時に組み手をさせられ、「今日は鬼ごっこだ」と無邪気な顔で巨大な戦斧《せんぷ》を持った自部隊の隊長に追い回される。

「しかも、今の筋肉じゃ『深魔《しんま》の森』の魔物相手だと確実に死ぬけど、魔術があるなら生きて帰れるかもしれないから行ってみるか？　とか聞かれて……」

行くわけないだろ、脳筋が！　と罵るフィルに、ジョナサンの目が死んだ。一度引きずるように連れていかれた間引き作業での地獄を思い出したのだ。

そろそろ良いでしょう、とディランに言われて連れていかれた、高濃度の魔素が漂《ただよ》う魔物の発生地帯。そこは人が来て良い場所ではないと肌で感じる魔境だった。

そして、襲ってくる魔物の凶暴性もレベルの高さも、尋常《じんじょう》ではなかった。

命からがら逃げ回り、生きて帰れたと思ったら地獄の訓練メニューがさらに厳しくなっていた。

それを見て絶望したところで……アランが部隊にやってきたのである。

権力を振りかざして騒ぐアランに便乗し、ジョナサンは逃げた。地獄の訓練からも、ベルクハイツの戦士達からも、……民を守るという騎士の誇りからも。

アランは良い盾だった。

流石《さすが》は王族とでも言うべきか、皆彼に注目し、追従するジョナサンは二の次になる。部隊の人間はまずアランをどうにかしようとするが、平民出身の兵ではその血を完全に無視するのは難しいらしく、ジョナサンの時とは違い、わずかではあるものの遠慮が見えた。それを敏感《びんかん》に感じ取ったアランは、彼等の教えを拒み、ふんぞり返ったままだった。そのうちに部隊の厳しい訓練に不満がある新兵の問題児達がアランの下に集まるようになり、まともな連中は戦場でもないのに殺気立つようになった。

誰の胃にも悪い状況。そこでアランは他の部隊に異動となり、頭を失った烏合《うごう》の衆は再び厳しい先輩に肩を組まれ、地獄巡りへと放り込まれた。

ジョナサンもまた地獄の訓練に基本的には参加しているが、厳しい上官の目を誤魔化《ごまか》すという無駄な技能を手に入れた今では、サボリ常習犯な不良兵士となっている。おかげで、最近上官は己《おのれ》の愛用武器を虚無の目でじっと見つめながら研ぐようになった。それが目撃されるようになり、烏合《うごう》の衆だった問題児達の素行が良くなったのだが、果たして良かったのか、悪かったのか……

一人問題児なままのジョナサンは、このままだと漢女《ヲトメ》部隊行きか、と囁《ささや》かれている。

しかし、いつも訓練で疲れて情報収集ができていないフィルはそんなジョナサンの現状を知らず、のんびり自分と会話するジョナサンに時間は大丈夫なのかと尋ねた。

「僕は午後から休みだけど、ジョナサンは訓練じゃないの？　さっきディラン様のところの部隊が訓練してるのを見たけど」

「あ、ああ。俺はちょっと、頼まれごとをした帰りなんだ」

「ふぅん？」

フィルは気まずげに視線を逸《そ》らすジョナサンを訝《いぶか》しげに見たが、追及せずに「仕事中なのに愚痴を聞かせて悪かったね」と告げて去っていった。

ジョナサンは遠ざかっていくその背を見ながら、己《おのれ》の胸に重たいものが生まれたのを感じた。それは、後ろめたさだった。

かつての仲間が必死に訓練をこなしているのに、自分はどうか。サボり、嫌なことから逃げ回っている。目を背け、楽なほうへ逃げようと……

それが悪いことだとジョナサンは分かっていた。

俯《うつむ》き、溜息《ためいき》をつきながらウロウロと歩いていると、ふと、自分が上官達が使用する区画に来てしまっていることに気がついた。サボっている自分が見つかれば大目玉を喰らうことは間違いない。

ジョナサンはまずいと思い、そこから立ち去ろうとしたが、進行方向のドアが開いたので慌てて物陰に隠れた。

ドアから出てきたのは、下級使用人のお仕着せを着た男だった。

それを見て、ジョナサンは不審に思い眉をひそめる。この区画は上官――つまり、身分の高いものが使う区画だ。そういう場所は上級使用人がつき、管理している。つまり、下級使用人がいるのはおかしいのだ。

その使用人は人目を気にするようにあたりを見回し、気配を殺してそそくさと去っていった。

ジョナサンはその様子を険しい眼差しで見つめ、そっと後を追いかけたのだった。

＊＊＊

それは、良く晴れた日の午後のことだった。

あの入院からアランは死んだ目で己《おのれ》の現状を見直し始めたわけだが、自分のすべてを見つめ直すには時間が足りなかった。そのため、アランは傲慢《ごうまん》王子と紳士の間を行ったり来たりしている。

「くそっ、私は王子なのだぞ！　こんなことをして良いと思っているのか⁉」

「いや、そうしないと死ぬから」

退院後、さっさと訓練に放り込まれたアランは、訓練場の床に転がっていた。そんなアランと相対するのは、アレッタだ。

最初はセルジアが相手をしていたのだが、だんだんとセルジアだけが楽しい『漢女《ヲトメ》と王子の追いかけっこ♡』という訳の分からん状態になり、体力作りで終始してしまった。そのため、アレッタが相手をすることになったのだ。

そうして見た目だけはマトモなアレッタにアランはうっかり舐《な》め切《き》った態度をとり、床に転がされることとなった。

しかし、そうやって叩きのめされ、打《う》ち据《す》えられ、鍛《きた》え上げられてどうにか気絶せず、文句を垂れる程度の実力をアランは身に着けた。しかもアレッタが驚くほどの短期間で、だ。

「なるほど、これが人気ナンバーワン攻略対象の底力……」

世の乙女達に数多のときめきを与えた人気攻略対象の秘められた才能に、アレッタは感心しっぱなしだ。自然と期待も高まるというものである。

「これなら次の魔物の間引き作業に間に合うかも」

キラキラと瞳を輝かせ、アレッタはアランを見つめる。

そんなアレッタの様子にアランは一瞬悪寒を感じたが、すぐにそれを振り払って元気に文句を垂れ流し始めた。

「あらぁ、アラン王子ったらとっても元気！　ワタシ達と一緒に訓練する？」

「アレッタ殿！　お相手願います！」

漢女《ヲトメ》のお誘いに、アランはスパッと立ち上がり、アレッタにさらなる訓練を促《うなが》した。

「その意気や良し！」

アレッタはアランのやる気を笑顔で歓迎し、訓練用の剣を振りかぶったのだった。

＊＊＊

アランの戦闘訓練も順調に進み、アレッタは朝から上機嫌で厨房《ちゅうぼう》に立っていた。

「それで、今日は何をお作りになりますか？」

「そうねぇ、ドライフルーツをたっぷり使ったパウンドケーキにしようかしら」

本日、アレッタは非番である。そのため、フリオへ差し入れを作ろうと厨房《ちゅうぼう》へ来ていた。

「確かフリオ様は洋酒が利いたものはお好きではありませんでしたね」

「そうなのよ。だから、そのまま入れて焼くわ」

パウンドケーキを作る時、ドライフルーツを洋酒に浸け込んでおくと美味しいのだが、それが苦手だという者もいる。フリオはまさにそれで、甘い焼き菓子が好きなのに、店で売っているものは、洋酒を利かせていることが多くてなかなか好みに合わないのだ。

そうしたことから、アレッタは自分で作ったものを、フリオに差し入れとして届けることが多い。

作る物も決まり、コックと共に腕まくりしたその時、にゅっと後ろから人が生えた。

「アレッタ様、突然後ろから申し訳ありません。ぶしつけながら、お願いがございます」

ぎゃああ！　とコックの悲鳴が響く中、アレッタは特に驚いた様子もなく、後ろに立つ特徴がなさすぎるのが特徴の男を見る。

彼は茶髪に中肉中背の、大衆に埋もれるような顔立ちで、文官服を着ていた。しかしその実、少しサイズの大きい文官服の下にはよく鍛《きた》え上げられた細くしなやかな筋肉が隠されている。

彼はフリオ直属の影である。

影は滅多に表に出てくることはないが、敵地に潜入して情報収集をするために『顔』を持つ者もいる。彼は、その『顔』を持つ者だ。

とはいえ、影であることには違いないので、彼が表に出てアレッタに話しかけてくるようなことはそうそうない。姿を現して声をかけてきたということは、何か大切な用があるのだろう。

「お久しぶりね。それで、どうかしたの？」

平然として首を傾《かし》げるアレッタに、影の男は内心苦笑する。

男は完全に気配を消してアレッタに近づいたのだが、彼女はコックと違い、欠片《かけら》も驚いた様子がない。恐らく、気づかれていたのだろう。

まったくこれだからベルクハイツは、と最早《もはや》生物としての格の違いを感じながら、男は口を開いた。

「実は、フリオ様の昼食を作っていただきたいのです」

「あら、どうして？」

フリオの昼食はいつもコックが作り、彼の執務室へ運ばれる。それを食べているはずだが、何かあったのだろうか？

不思議そうにするアレッタに、男は「実は――」と語り出した。

なんでも、フリオは仕事に熱中するあまり、昼食をおざなりにしているらしい。

軽くつまめるものをとサンドイッチを頼んでいるらしいのだが、書類片手につまんでいるうちに書類に熱中して食べるのを忘れ、結局用意された半分も食べられていないらしい。

「少し前に体調を崩されたのは、そういう不摂生のせいでもあると思うのです。適度な休憩もそうですが、まずは食べなければ。アレッタ様の手作りとなれば、必ずお召し上がりになるはずです」

男の言葉に、アレッタはなるほど、と頷《うなず》いた。

アレッタは菓子作りを昼食作りに変更し、コックに指示を出して材料を持ってこさせた。

「ボリュームたっぷりのものを作ろうっと」

アレッタはにっこり微笑《ほほえ》んでフライパンを持った。

＊＊＊

カランカラン、とベルクハイツ領の町に、昼の十二時を知らせる鐘が鳴る。

人々は昼食をとるべく仕事を一時中断して動き出した。

その鐘の音はフリオの耳にも当然届いていた。しかし、彼はいま目を通している書類を終わらせてから、と書類から顔を上げようとせず、ペンを走らせ、終わらせて……次の一枚を手に取った。

アレッタは、その様子を呆れたように見ていた。ノックをしても返事がなかったためそっと入ってきたのだが、どうやら集中しすぎて気づかなかったようだ。

これは影がわざわざ自分に頼むわけだと思いながら、アレッタはドアを部屋の中から改めてノックする。

「……ん？　アレッタ、どうしたんだ？」

「差し入れよ。お昼を持ってきたの」

フリオはその言葉に、そういえば正午の鐘が鳴ってたな、と思い出す。

「フリオ、適度に休憩をとってよ。特にご飯はちゃんと食べて。この前、熱を出したばかりでしょう。あんまり無茶するようなら、お母様に言いつけるわよ」

「うっ……」

流石《さすが》にそれを言われると弱いらしく、フリオは粛々と机の上の書類を片づけだした。

その間にアレッタはローテーブルの上に用意した昼食を置いていく。片づけを終えたフリオがやってきて、ソファーに腰を下ろした。

テーブルに置いてあるのは、油紙に包まれた二つの塊と、野菜スープ。そして紅茶だ。

アレッタは同じメニューをもう一セットテーブルに置き、フリオの対面に座る。

「今日は一緒に食べましょうね」

「ああ」

アレッタの目は食べきるまで見張ると語っていた。

フリオはそれに苦笑いし、皿の上の油紙に包まれたものをとる。しっかりとした重さがあるので、中身は一体なんだろうと思いながら、フリオは紙を開いた。

「うわ、すごいな……」

中身はサンドイッチだった。しかし、只のサンドイッチではない。トマト、レタス、チーズ、照り焼きチキン、茹《ゆ》で卵が挟まったボリューム満点の一品だったのだ。

「美味そうだ」

ボリュームサンドイッチは半分に切られており、その断面は食欲を掻き立てるような見栄えのするものだ。とても美味そうだと思ったと同時にフリオは空腹を感じ――腹が鳴った。

「あら」

「う……」

その音にアレッタは目を瞬《またた》かせ、フリオは思わず気まずそうに視線を逸《そ》らす。

アレッタは可笑《おか》しそうに小さく笑い、告げた。

「さあ、召し上がれ」

「くっ……、いただきます……！」

恥ずかしそうに、そして悔しそうにしながらフリオはサンドイッチにかぶりつき、その表情を明るいものへと変えた。

「美味いな、これ！」

パクパクと夢中になって食べるフリオをアレッタは愛しげに見つめ、柔らかく微笑《ほほえ》んだ。

＊＊＊

フリオの昼食を差し入れた日から数日後。アレッタの四番目の兄であるグレゴリーは、婚約者であるマデリーン・アルベロッソ公爵令嬢に会いにベルクハイツ領を離れた。

マデリーンはアレッタの憧れの先輩であり、乙女ゲームのヒロインに婚約者を篭絡《ろうらく》された被害者の一人である。

誇り高き公爵令嬢たる彼女は、その浮気者の婚約者とは婚約を解消し、グレゴリーと婚約を結びなおした。二人の仲が順調なのは、将来彼女の義妹となるアレッタとしては大変嬉しいことである。

そのため、アレッタは冬休み中は自分が領地にいるのだから、マデリーンに会いに行ってはどうかとグレゴリーに勧めたのだ。

グレゴリーはその案に心を動かされたらしく、とんとん拍子で予定が組まれた。そして、無表情ながらも浮かれていると分かる空気をまといながら、彼は旅立って行った。

そんなグレゴリーの外出に伴い、アレッタは彼が抜けた穴を埋めるべく、ご機嫌で仕事に励んでいた。

そんな仕事の一つが、今回の魔物の間引き作業である。

「こ、こんなところに王子である私を連れてくるなど何を考えているんだ……！」

アレッタが『深魔《しんま》の森』の間引き作業に連れて来たのは、非番の人間を除く自身の部隊の隊員全員――つまり、アランももちろんその中に含まれている。

彼はしきりに周囲を見渡しながら、震える声で呟《つぶや》く。

キョロキョロと忙しなく泳ぐ視線は、恐らくこの森に漂《ただよ》う尋常《じんじょう》ならざる魔力の濃さから身の危険を感じているからだろう。よそから来てこの『深魔《しんま》の森』に入った者は、実際に肌で感じると想像よりも遥かに恐ろしいところだと分かると言う。

アランは自ら望んでベルクハイツ領へ来たが、『深魔《しんま》の森』がここまでのものとは思わなかったのだろう。緊張に身を固くしている様子を見て、今回は戦力として数えず、後方で待機させておくべきかとアレッタが思った、その時だった。

「前方、二時の方向！」

鋭い声が、凍える静かな森を切り裂く。

隊員達は対象の位置を探り、それぞれが警戒に腰を落とし、武器を持って構えた。

そして、それは現れた。

——グルルル……

低く唸《うな》るのは、痩せた巨大な黒い熊の魔物。

黒い毛皮はパサパサに荒れ、痩せた姿から、栄養不足だと一目で分かる。

熊は赤い瞳でこちらを睨《にら》み、飢餓による凶暴性を抑えることなく飛びかかって来た。

痩せて肉が落ちても『深魔《しんま》の森』で生まれ、生きる熊の魔物の腕力はやはりすさまじいものだった。

その剛腕はいとも簡単に太い木の幹をへし折り、見る者に恐怖を抱かせる。

しかし歴戦の勇士である漢女《ヲトメ》部隊の者にとっては見慣れた光景であり、回避すると即座に次の行動に移るために体を緊張させた。

だが、今回この隊には、実戦経験が薄い者がいたのだ。

「う、うわぁぁぁぁぁ⁉」

箱入り王子、アラン・ウィンウッドであった。

アランは体長三メートルを超える大熊に思わず悲鳴を上げ、背を向けて逃げ出してしまった。

それは当然ながら大熊の気を引き、赤い目がアランを捉えた。

この場の誰とも毛色の違うボンボンの彼は、大熊の目にさぞかし美味しそうに見えたのだろう。

他の者など目もくれず、大熊はアランに飛びかかった。

一方アランは、とんでもないスピードで向かってくるそれに目を剥《む》いた。

背後に迫るのは、恐怖の権化と、隊の人間の声。

涎《よだれ》をたらし迫る大熊に捕まれば、死が待っている。アランは必死になって足を動かすが、鍛《きた》えたとはいえ所詮《しょせん》付け焼刃の箱入り王子の足だ。捕まるのも時間の問題だった。

「アラン！　そのまま走るな！　止まって相手の行動を見極め、回避しなさい！」

ここ最近で聞き慣れたアレッタの声が聞こえる。何かしらの指示が出されたのだと頭の片隅で理解したが、恐怖心からの混乱に塗りつぶされ、体が逃走を選ぶ。理屈ではない。生存本能ゆえの行動に、アランは抗《あらが》えなかった。

アランは必死に走り続けるが、大熊のほうが速い。早々に追いつかれ、大熊はその腕を大きく振りかぶった。

「危ない！」

それは、誰の声だったか……

熊の剛腕が、アランに迫る。

目の前に、振り下ろされるそれ。

走馬灯のように脳裏に巡るのは、かつて愛した少女ではなく、この地に来る前に見た、悲しそうな顔の両親――

「ちちうえ、ははうえ……」

あんな顔をさせたまま、自分は終わるのか。

麗しい顔に、絶望が広がる。

そして、アランはここで――

「アラン！」

ドン、とアランの体を、衝撃が襲った。

突き飛ばされ、剛腕が描く斜線から、その身が逸《そ》れる。

ならば、その剛腕が襲うのは、誰か――

――ドゴォッ！

「ぐっ」

鈍い打撃音と、短い呻《うめ》き声。

突き飛ばされた先で声が聞こえたほうを見ると、転がっていく逞《たくま》しい体が見えた。

「セルジア！」

焦ったような隊員の声が響いた。

雪にまみれた黒いボブカット。赤い血が点々と雪を汚し、その先でピクリとも動かない体。

「あ……」

その光景が、アランの目に焼きつく。

けれども、魔物は待ってくれない。

大熊はのっそりと振り返り、再びこちらに狙いを定め――

「ふっ」

——ドゴォッ!!

軽い呼気の音と共に、吹き飛んだ。

先ほどまで大熊がいたところにいるのは、大剣を振り抜いた格好のアレッタだ。

唖然《あぜん》と目を見開くアランの視線の先で、アレッタは鋭く叫ぶ。

「アラン、さっさと立ちなさい！　セルジア、その程度でくたばるような鍛《きた》え方はしてないでしょう！」

気迫と共にぶつけられた言葉に、今度こそアランの体は指示を受け入れて反射的に立ち上がり、セルジアものろのろと頭を振りながら体を起こした。

セルジアの傍《そば》にフリフリ戦闘服を着た隊員が駆け寄り、怪我の様子を確認する。

「ちょっと、副隊長、大丈夫？」

「あー、ちょっと避けそこねたわ」

鍛《きた》え直しかしらね、とセルジアは苦い顔をしたが、どうやら軽傷のようだ。その様子を見て、アランはほっと安堵《あんど》の息をついた。

しかし、その安堵《あんど》も続かない。

——グ、ガァァァァ！

魔獣の怒号が空気を引き裂いた。

弾かれるようにそちらを見れば、怒り狂う大熊がいた。

こちらに飛びかかろうとすると――その頭に棘《とげ》のついた鉄球がめり込む。

「二人で仕留めろ！」

「はい！」

「まかせて！」

飛びかかるのは、地獄の魔法少女と悪夢のボンデージ。

色物漢女《ヲトメ》の棘《とげ》付き鉄球に打たれ、拳《こぶし》がボディに突き刺さり、大熊は浅い呼気と共に胃液を吐き出す。そしてさらにそこに打ち出されるのは、途轍もなく重いアッパー。顎《あご》が打ちあがり、大熊はぐるりと白目を剥《む》いた。

ドォ、と巨体が音を立てて雪の上に倒れた。そして素早くトドメが刺され、恐るべき魔物は絶命した。

アランはその光景を、ただ茫然と見ていた。

早かった。

その戦いは、あまりにも早く終わった。

恐ろしかった魔物は、たった二人の隊員の手であっという間に斃《たお》されてしまった。

死んだ魔物を取り囲み、持ち帰る算段を立てる者と、警戒して周りを見渡す隊員達。

アランは一人立ち尽くし、それを見つめる。

「ああ……」

漏れるのは、感嘆の声。

強い。

かの人達は、あまりにも強い。

「私も、あんな風に……」

それは、純粋な力への憧れだった。

このままこの隊で励めば、自分も力を手に入れられるだろうか？

脳裏に蘇るのは、走馬灯の如《ごと》く思い出した悲しげな両親の顔。

両親に、いつかあんな風に強くなった姿を見せることはできるだろうか？

アランの眼差しは憧れと尊敬を湛えていた。


アレッタはその様子を見て、一つ頷《うなず》いて呟《つぶや》いた。

「なるほど。吊《つ》り橋効果モドキ……」

アランは、明らかに精神状態が乱れていた。

＊＊＊

アランが目標を見つけたその頃。

彼に並ぶ問題児であったジョナサンは、侵入者が捕まったらしいという噂を食堂で聞いた。

侵入者の心当たりがあったジョナサンは、聞こえてきた噂話に耳をそばだてる。

なんでも、侵入者は他家からのスパイだったらしい。次期当主であるアレッタの婚約者、フリオ・ブランドンの手によって捕らえられたその者には、現在厳しい尋問が行われているのだとか。

その話を聞いてジョナサンが脳裏に思い浮かべるのは、先日見かけた怪しい下級使用人である。

ジョナサンがその者の跡をつけて探ったところ、どうも人員募集の際に入ってきた新しい使用人のようだった。

あの上官の執務室から出てきた後は通常業務に従事するだけで、特に変わった様子は見せなかったが、怪しいことには変わりなかった。

だからこそ、侵入者が捕まったと聞いて、彼が真っ先に思い浮かべたのはその下級使用人だった。

ジョナサンはあの怪しい下級使用人が捕まったのだと思っていた。

だから、驚いたのである。

「なんであの者がいるんだ。捕まったのではなかったのか……？」

あの怪しい下級使用人が周囲を警戒するかのように窺《うかが》い、上官達が使用する建物へ入っていったのだ。

ジョナサンはまずいと思いその跡をつけた。

使用人の後を追いながら、ジョナサンは考える。この使用人は、恐らくはどこかから派遣されたスパイだろう。未だに捕まっていない様子を見るに、噂になっていたスパイとは別口だ。悪くすれば、先日捕まったほうに気を取られ、こちらは野放しになるかもしれない。

「そんなの、許せるはずがない……！」

ジョナサンは険しい顔をして下級使用人が消えた扉を睨《にら》みつける。

このベルクハイツ領は、ウィンウッド王国の生命線である。もしこの地に何かあれば、たちまち王国には魔物が溢《あふ》れ、多くの人間の血が流れるだろう。ゆえに、この地を守護する当主は誇り高く立ち、周りの人間はそれを支え続けねばならないのだ。そして、この地に来た自身もまた、その一人であらねばならない。

これを他人が聞けば、訓練をサボり続け王子と共に混乱を招こうとしたジョナサンが何を言うかと思うだろうが、それでも彼は、今、そう思ったのだ。

ジョナサンはこの時、ようやくベルクハイツに生きる戦士としての自覚が芽生えたのだ。

そうして、下級使用人が入っていった扉をそっと開け、中の様子を窺《うかが》うと、下級使用人が上官の机の引き出しを物色している最中だった。

ジョナサンは勢いよく扉を開け、声を張り上げた。

「貴様、そこで何をしている！」

逃げようとした下級使用人に飛びかかり、取り押さえたのは、数秒後のことだった。

＊＊＊

ウフフ、オホホ、ウホホと漢女《ヲトメ》の笑い声が砦《とりで》の薔薇園《ばらえん》に響く。

優雅な漢女《ヲトメ》達のティータイムを眺めるのは、アレッタとフリオ、そしてディランだ。

「まさか、このような結果になるとは……」

驚きに目を瞠《みは》るのは、ディランだ。

「意外な結果になったな」

フリオもまた、はー、と感心するかのような声を出してそれを見つめる。

三人の視線の先にいるのは、漢女《ヲトメ》達に囲まれて優雅な微笑《ほほえ》みを浮かべるアランだった。それを見て、アレッタは思わず呟《つぶや》く。

「漢女《ヲトメ》サーのプリンス……」

とんでもねぇパワーワードが爆誕した。そのプリンスたるアランは、あの魔物の間引き作業から態度を改め、心を入れ替えたかのように周りに敬意をもって接するようになった。

そして部隊の面々にも紳士的な態度をとり、次第に部隊に溶け込んで……

「いつ間にかウチの部隊の王子様になっちゃったのよね」

「溶け込んで、それでいて染まらないとは恐れ入ったな」

視線の先では漢女《ヲトメ》がアランに何か言われたらしく、しおらしく頬を染めてモジモジしている。地獄か。

この漢女《ヲトメ》部隊に入隊するのは手の付けられない問題児ばかりである。この部隊に入隊した者に与えられる選択肢は、漢女《ヲトメ》部隊に恐れをなして心を入れ替えて異動していくか、部隊の雰囲気に染まり漢女《ヲトメ》の一員になるかの二択だ。

しかし、ここでまさかの三択目ができた。

流石《さすが》は乙女ゲームの人気ナンバーワンヒーロー。格が違う。

さて、乙女ゲームのヒーロー、つまるところ攻略対象だが、この地にいる攻略対象はあと二人いる。

そのうちの一人である問題児のジョナサン・バナマンだが、彼はつい最近この地に入り込んだスパイを捕らえたあたりから、様子が変わったと聞いている。

「そういえば、ジョナサンが侵入者を捕らえたと聞きましたが、その後はどうですか?」

「ああ。彼ならあれ以来すっかり心を入れ替えて真面目に過ごしているよ」

今までの自分勝手な行動を心から反省し、迷惑をかけた人達、一人一人に謝罪したそうだ。そして罰則を真面目にこなし、今では周囲に溶け込んで面構えも変わりつつあるとか……

「俺も見たが、すっかりベルクハイツの戦士らしい面構えになってたぜ」

「そ、そっか……」

どうやら、ジョナサンはベルクハイツの劇画色に染まったらしい。

アレッタはますますアランの持つポテンシャルに感心しながら、漢女《ヲトメ》サーのプリンスぶりを眺め、フリオとディランは逆にそこからそっと視線を逸《そ》らした。

「俺、初めて王子っててすごいんだな、って思いました」

「そうだね。一線を守り切れる王族だったようだ」

致命的な失敗をしたアホ王子だったが、周りに染まらず自己の保存がしっかりできるあたりは、それなりの芯があったようだ。傲慢《ごうまん》王子は殻を破り、見事なメンタルを持つ紳士へ生まれ変わった。

「次は戦士に生まれ変わらせないとね」

新たな訓練メニューを考え始めたアレッタに、フリオの笑みが引《ひ》き攣《つ》ったが、気を取り直してディランに声をかけた。

「アラン王子とジョナサン・バナマンはどうにかなりそうですが、フィル・クーガンはどうなっていますか？」

「魔術師団長の息子のフィル・クーガンかい？　彼なら順調に育っていると聞いているよ」

フィルは、ベルクハイツの無邪気な脳筋に引きずり回されながらも、どうにかついていっているらしい。

「ま、ここは死にたくなければ強くならなくてはならない土地だからね」

訓練で地獄を見ようと生きているならいいじゃないか、と微笑《ほほえ》むディランの表情は爽《さわ》やかなものだったが、その裏に潜《ひそ》む隠し切れない黒いものにフリオは気づかぬふりをして、視線を明後日の方向へ飛ばしたのだった。

エピローグ

アルベロッソ領に行ったグレゴリーからの報告で、その地での破壊活動を知ったオリアナがおどろおどろしい気配を放っている頃、アレッタはフリオと共に町に出ていた。

端的に言って、デートである。

雪靴でポコポコ歩きながら、アレッタはフリオを見上げる。

「フリオはそろそろここに慣れてきた？」

「まああだな。仕事のペース配分は少し緩めてもらったから、もう倒れるようなことはないぜ」

あと飯はしっかり食べるから安心しろ、と言う彼に、アレッタは満足げに笑みを浮かべる。まあ、また無茶して倒れでもしたら、母に指導を入れてもらえるよう既に頼んである。きっと暗黒の微笑《ほほえ》みを浮かべて丁寧に指導してくれるだろうから、そこまで心配していない。

無茶した先に愛ゆえのとんでもねぇ罠が待ち構えているとは知らないフリオは、目的の店の看板を見つけ、微笑《ほほえ》む。

「さあ、今日こそピアスを買——」

言いかけた、その時だった。

「嫌だぁぁぁぁ！　僕は知ってるんだぞ！　『深魔《しんま》の森』ではCランクの魔物が、Aランクに格上げされるくらいの突然変異を起こしてるって！　そんなところに行ったら死ぬ！　確実に死んじゃうじゃないかぁぁぁぁ!!」

　アレッタの背後を、フィル・クーガンが爆走していった。

　何事かとフリオと共に目を丸くしていると、その後を次兄のバーナードがニッコニコの笑顔で追いかけていく。

「いやぁ、いつの間にそんなレベルの身体強化の魔法を使えるようになったんだ？　大丈夫だ！　身体強化の魔法をそれだけ使えれば、ちゃんと生き残れる！」

　それにしても足が速いなぁ、と言うバーナードは、馬車を追い越し、馬を追い越しながらフィルを追いかける。

　そんな光景を二人は遠い目をして見送った。

「脱走兵、久しぶりに見たわ」

「ベルクハイツの脱走兵は独特だよな……」

　普通、脱走兵はこっそり軍事施設から脱走するものだが、ベルクハイツの脱走兵は、なぜか不平不満をまき散らしながら町中を爆走する。実のところ、ジョナサンの脱走、もしくはサボリの仕方はベルクハイツでは珍しいほうだった。

　そして、そんな脱走兵を嬉しそうに追いかけるのは、部下の成長を喜ぶ上官だったり、お仕置きの訓練内容を地獄モードにしようと決めたドSだったりと様々だ。

　今回は珍しくベルクハイツの一族であるバーナードが追っているため、なぜか脱走兵と追跡者に声援とヤジが飛んでいる。

「どうする？　アレッタ」

「う～ん、バーナード兄様は大柄なぶん、ちょっと足が遅いから……」

いや、馬車や馬を追い越せるのだから十分足は速いのだが、今回ばかりはフィルのほうが少し速いようで、捕獲に時間がかかりそうだ。

「脱走兵との鬼ごっこは新兵入隊時期のちょっとした風物詩みたいな感じになってるけど、町中で爆走されるのはやっぱり迷惑をかけちゃうから……」

そう言って、アレッタは屈伸運動を始め、スカートを破廉恥でない程度にたくし上げた。

「ごめん、フリオ。ちょっと行ってくるわ」

「ああ、気をつけてな」

苦笑するフリオにアレッタは頷《うなず》き、足に力を籠める。そして——

「待ちなさい、フィル・クーガン！　大人しく縛につけ！」

ベルクハイツ家の末っ子にして次期領主の参戦に、人々は歓声を上げたのだった。

マデリーンのリベンジデート編

プロローグ

ふわり、ふわりと窓の外では真っ白な雪が空から降ってくる。

絶えず降る雪に覆われた雪深いその土地は、ウィンウッド王国の北方に位置するアルベロッソ公爵領だ。

問題児達がベルクハイツの流儀に馴染《なじ》み始めた頃より少し時を遡《さかのぼ》った、十二月の後半。ウィンウッド王国の国立学園は冬休みに入り、アルベロッソ公爵令嬢であるマデリーンは、故郷であるアルベロッソ領で疲れを癒していた。

「ブランドン先輩は年明けからベルクハイツ領へ行くと言っていらしたから、アレッタは嬉しいでしょうね」

マデリーンは自室で侍女のメアリーにお茶を淹《い》れてもらいながら、ふぅ、と小さく息をついた。

率直に言って、アレッタが羨《うらや》ましいのだ。

マデリーンの婚約者であるグレゴリーはベルクハイツ家の戦士であるため、そう簡単には領地を離れられない。会いたいのなら、マデリーンが動くほうが良いだろう。

「そうですねぇ。けれど、婚約者がまだ卒業していないのに、婚家に入るのは珍しいですね」

「まあ、婿入《むこい》りする先がベルクハイツ家ですもの。アレッタが学園を卒業して、本格的な領主教育を始める時にブランドン先輩がフォローできるようになっていたら、アレッタも助かるでしょうしね」

マデリーンも新しい家を興《おこ》してグレゴリーを婿《むこ》に迎えるとはいえ、ベルクハイツ家の傘下へ入る身だ。そのため、学園生活の傍《かたわ》ら、ベルクハイツ領に関する勉強を始めていた。

「けれど、羨《うらや》ましいわね。休みの間中、好きな人が傍《そば》にいるだなんて」

「まあ、お嬢様ったら」

うふふ、とメアリーは微笑《ほほえ》ましげにマデリーンを見た。

「来年卒業されたら、お嬢様はずっとグレゴリー様とご一緒されるではありませんか。アレッタ様達は、あと二年も待たなくてはならないんですよ」

結婚のことを暗に言われ、マデリーンは薄く頬を染める。

「そ、そうね。私はあとたった一年ですものね」

まさか、自分が結婚を楽しみにするようになるとは思わなかった。

元婚約者であるシルヴァンがまだまともだった頃、彼と共に同じ道を歩くのだと、穏やかな感情があった。けれど、そこに胸が躍るような喜びはなかった。

貴族の結婚は、そんな穏やかな感情を抱けることすら幸運だと言う者がいる。家格の違い、家同士の金の貸し借りによって、不幸になる予感しかしない相手と結婚しなければならないこともあるのだ。

マデリーンは運が良い。婚約相手に恋をし、相手も同じ想いを抱いてくれているのだから。

「……でも、やっぱり会いたいから、冬休み中のどこかでベルクハイツ領に行こうと思うわ」

「ふふ。そうですね、それがよろしいかと」

照れ臭そうな呟《つぶや》きに、御供いたします、とメアリーは笑んだ。

しかし、その予定は朝食の際の父の言葉によって崩れた。

「二月にグレゴリー殿が我が領を訪問する予定だ。準備をしておくように」

マデリーンは驚きのあまり、持っていたスプーンを落とした。

第一章

グレゴリー来訪の予定を聞かされた後、マデリーンはグレゴリーからの手紙を渡された。

マデリーンはそれを持って急いで自室に戻った。

そしていそいそと封を切り、読み終わると、弾んだ声を上げる。

「メアリー、聞いてちょうだい！　アレッタったら、冬休みの間は自分が領地にいるから私に会いにいくと良い、ってグレゴリー様に言ってくれたみたいなの！」

にこにこと嬉しそうな顔をするマデリーンに、それはようございました、とメアリーも微笑《ほほえ》み返す。

先日、会いたいとこぼしたばかりだからか、マデリーンのテンションがいつになく高い。

「グレゴリー様はいつ頃いらっしゃるんですか？」

「詳しい日程はまだ決まっていないけれど、早くて二月くらいになりそうよ。ただ、直前に魔物《スタンピード》の氾濫が起きないとも限らないから絶対の約束はできない、って書いてあったわ」

今は十二月の後半。予定はまだまだ先だ。しかも絶対の約束はできないときた。それはもしや会えない可能性もあるのでは？

メアリーが少し心配そうな顔をしたのに気づき、マデリーンは言う。

「大丈夫よ。今はアレッタがいるから、予定をずらすことはあっても取りやめにはしないみたい。

私が会いにいくほうが確実なんでしょうけど、今回はお父様達にもお会いになりたいそうなの」

両者とも多忙であるため、未だに顔を合わせていないのだ。本来、娘の婿《むこ》であり子爵の子息であるグレゴリーが挨拶《あいさつ》に来るべきなのだが、やはり『深魔《しんま》の森』を抱えるベルクハイツ家の戦士ゆえになかなか難しい。

直近で来られる機会は今しかない。そのため、マデリーンの家族はグレゴリーが来られるだろう時期に仕事をいれまいと、調整を始めていた。

メアリーはなるほど、と納得したように頷《うなず》いた。

その時、コンコン、とドアがノックされた。

メアリーが様子を窺《うかが》いにいくと、マデリーンの弟のアシュリーがいた。

「姉上。兄上と一緒にお茶をするんだけど、一緒にどう？」

「あら、お兄様が？　珍しいわね」

アシュリーはひょこりとドアの向こうから顔をのぞかせ、言う。

「姉上の婚約者殿のことを聞きたいらしいよ」

「そうなの？」

マデリーンの兄であるダニエルはマデリーンの五つ上だ。学園にいた頃は、上にはベルクハイツ家の長男ゲイルが、下には次男のバーナードがいた。挨拶《あいさつ》程度はしたものの、学年も所属する科も違ったため付き合いはなかった。

しかし、アラン王子達が起こした婚約破棄騒動から派生し、マデリーンがグレゴリーと婚約するという付き合いが生まれたことで、どう接するべきか彼は悩んでいるらしい。

アシュリーが居間へ向かう道すがらそう教えてくれた。

「付き合いはなかったけど、目立つ人達だったから上のお二人がどんな人達かはだいたい分かってるんだって。だけど、グレゴリー殿とは会ったことがないから聞いておきたいらしいよ」

「慎重なお兄様らしいわね」

ダニエルは良くいえば慎重ではあるが、心配性が過ぎるきらいがある。

今回のことも、ベルクハイツ家の人々が多少のことでは怒らないとは分かっていても何か失敗して彼等を怒らせ、その矛先がこちらに向いたら……、などと考えてドツボに嵌《はま》っているのだろう。

「兄上の学園時代は常にベルクハイツ家の人がいたから、色々頭に焼きついてるんだってさ」

「……そういえば、お兄様が学園に通われている時に学園のことを聞いたら、言葉を濁《にご》されたことが何回かあったわ」

ベルクハイツ家の男達はいったい何をしたのだろうか？　穏やかで素直な性格のダニエルが言葉を濁《にご》し、視線を泳がせる何かがあったのは確かだが。

そうこうしているうちに居間へついた二人を、使用人がドアを開けて迎えた。

＊＊＊

メアリーにお茶を淹《い》れてもらい、それを飲んで一つ息をつく。

マデリーンの隣にはアシュリーが、目の前の席にはダニエルが座っている。

三人は流石《さすが》兄弟と言うべきか、その容姿はよく似ていた。

ダニエルは癖のない銀の長髪に、青い瞳を持つ怜悧《れいり》な美青年だ。

マデリーンと同じく冷たそうな外見なのだが、彼は笑うと目じりが下がるため、無表情でいる時とのギャップが大きい。

アシュリーはくりっとした水色の瞳の美少年だ。

肩まで伸ばした柔らかそうな髪を、黒の細いリボンで一つにくくっている。

「それで、グレゴリー殿のことなんだが……」

「はい、アシュリーから聞きましたわ。あの方がどんな方なのかお知りになりたいのですよね？」

小首を傾《かし》げてそう尋ねるマデリーンに、ダニエルは頷《うなず》く。

「私はグレゴリー殿にはお会いしたことがないからね。もちろん、あのゲイル殿とバーナード殿の弟で、ベルクハイツ家の戦士なのだから、信頼できる人物なのだろうとは思ってるんだ。けど、やはり第一印象と言うのは大事だろう？」

「兄上は気にしすぎだと思うんだけどね～」

アシュリーのからかうような物言いに、ダニエルは困ったような顔をする。

「次代は伯爵になるけど、今は子爵でしょ？　しかも、姉上はあちらの傘下に入るけど、一応グレゴリー殿は婿入《むこい》り。ただでさえ結構配慮してるのに、さらに気にするわけ？」

アシュリーはどうもアルベロッソ家がベルクハイツ家にへりくだりすぎているように思えて、面白くないらしい。悪戯《いたずら》っぽい微笑《ほほえ》みの裏に、小さな棘《とげ》が見え隠れしている。

「アシュリー」

「う……。だってさ、元は王家の失態じゃないか。なんでうちが……」

静かにたしなめられ、アシュリーは俯《うつむ》く。

「我が家にも王家の血は流れているから無関係ではないよ。マデリーンがアレッタ嬢と良い関係を結んでいて、あのリサ・ルジアにシルヴァンが入れ込んでいたから、ベルクハイツ家に睨《にら》まれなかっただけだ」

アルベロッソ家の立ち位置は王家側だ。しかし、ダニエルの言うような下地があったからこそベルクハイツ家はアルベロッソ家に好意的で、娘がひどい目に遭った者同士だという共感を持っていた。

「……僕だって、ベルクハイツ家が国にとってなくてはならない存在だってことは分かるよ。けど、なんでそこまでへりくだっちゃうのさ」

それは、高位貴族としてのプライドだろう。ダニエルにも覚えのある感情だった。しかし、それを軽く吹き飛ばすインパクトをベルクハイツ家の男達は持っていたのだ。

「まあ、私達がなぜそこまでベルクハイツ家に配慮するかは、グレゴリー殿に会えば分かるさ」

ダニエルのその言葉に、アシュリーは不満そうではあるが、大人しく頷《うなず》いた。

マデリーンはそんな男達の会話を聞き、不思議そうに小首を傾《かし》げる。

なんだか怖がっているような物言いだ。あんなに可愛い方だから、怖がることなんてないのに、と。

それが惚《ほ》れた欲目だということは、マデリーンだけが気づいていなかった。

アルベロッソ家はマデリーンの婚約者殿を迎えるため、当主と嫡男は調整を始めた。母たる公爵夫人とマデリーンは付き合いのある家にそれとなく情報を落とし、次男は少しばかり拗《す》ねてはいるものの、忙しそうにする家族を気遣った。

そうして慌ただしくしていたアルベロッソ家だったが、それ以上に騒がしくなったのはアルベロッソ公爵領の裏社会だった。

あの、ベルクハイツ家の、男が、来る！

その一報に、裏社会が揺れた。

裏社会の重鎮の何人かはベルクハイツがどういう存在で、どれほどの力を持っているかを痛いほど知っている。彼等のだいたいは王都で学生時代のベルクハイツの男達によって痛い目を見て、超常的な力を前に命からがら逃げだしたからだ。

ベルクハイツの力を目にしながらも生き延びた者達は、否応なく慎重になる。そうしてのし上がり、それなりに高い地位を得たのだ。

そんな油断ならない人間が総じて怯《おび》えを見せ、警戒する相手とくれば、賢い人間は敵に回してはならない人間なのだと悟る。

この訪問を脅威と捉えた者達は情報収集に走り、ベルクハイツの男がこの地にいる期間はどれだけの損失があろうと大人しく息を潜《ひそ》めることに決めた。

しかし、かえっていきり立つ者もいた。それはベルクハイツを知らぬ新興勢力であり、力ある重鎮が怯《おび》えるということがどういうことか想像できない頭の足りない者達だった。

彼等はそこまで注目される男をどうにかすれば、名を上げ、裏社会での地位も格段に上がると目論んだ。

そんな若く無謀な者達を、重鎮達は馬鹿だと冷ややかに見下したり、巻き込まれることを危惧したりと反応は様々だ。

水面下で様々な動きがありつつも、時が流れ、二月。

とうとう、その日がやってきた。

＊＊＊

アルベロッソ領の飛竜乗り場で、マデリーンはソワソワと期待に満ちた目で空を見上げていた。

御供は侍女のメアリーと、なぜかついていくと言って聞かなかった弟のアシュリーだ。

アシュリーはそんな姉の様子に半ば呆れながら言う。

「そんなに空を見上げてたってすぐにはつかないよ。まだ到着まで三十分くらいあるんだよ？　だいたい、ここに来るのが早すぎるよ。もう少し家でゆっくりできたのに……」

「あら、早めに行動するのは良いことよ。お待たせするほうが良くないわ」

マデリーンは視線を空からアシュリーに移す。

「それに、そんなことを言うならついてこなければ良かったじゃない」

「そんなの、僕の勝手だろ」

「まあ！」

そっぽを向いたアシュリーに、マデリーンはムッとする。

そんな姉弟のやり取りを、反抗期ですねぇ、とメアリーは微笑《ほほえ》ましげに見ていた。

さて。その姉弟だが、高位貴族であるため当然護衛が付いている。護衛騎士達はあたりを厳しい目で見渡し、警戒していた。なぜなら、そこかしこに裏社会の者と思われる人物が一般人に紛れ込んでいたのだ。

なんとなくそれらが『ベルクハイツ』の監視のために紛れているのは察していたが、護衛対象が害される可能性がない訳ではない。彼等はその時を想定し、警戒にあたっていた。

そうして、遂《つい》にその時が来た。

最初に気づいたのは、停まっていた飛竜達だった。彼等は揃って空を見上げる。

その様子に気づいた人間達が視線を辿り、それを見つけた。

それは、最初は黒い点だった。しかしすごいスピードで近づいてきたので、すぐにその全体像が知れた。

その飛竜は、普通の個体よりも大分筋肉が発達しているようで、なんだかムッキムキだった。さらには顔が視認できる近さになると、随分《ずいぶん》と厳《いか》つい顔をしていることが分かる。

飛竜乗りは「ああ、ベルクハイツの高速飛竜か」と業界で有名な飛竜を興味津々に眺め、一般人は「アレって、本当に飛竜なの？」と他の飛竜と見比べている。

そんな見比べる人間の一人になったアシュリーを横に、マデリーンは喜びの感情を隠さずそれを迎えた。

飛竜がゆっくり大地に降り立ち、ほどなくして騎乗していた人間が降りてくる。

背が高く、よく鍛《きた》えられたがっしりとした体。黒い短髪に、緑の瞳。武人然とした雰囲気は鋭いものだが、笑うと目元が優しくなるのをマデリーンは知っている。ほら、今だって――

こちらに気づいた彼が、マデリーンの名を呟《つぶや》いたのが分かった。

声は聞こえなかったが、唇の動きで察したマデリーンは、はしたなく見えないように気をつけながら小さく手を振る。

「グレゴリー様……」

マデリーンの最愛の婚約者は嬉しそうに目元を緩ませ、こちらに近づいてくる。

「なんて可愛いのかしら……！」

弾む心のまま、思わず本音がポロリとこぼれた。

アシュリーが信じられないものを見るような目をしていたが、マデリーンは愛する婚約者に夢中で、気づくことはなかった。

なにせ、一か月以上指折り数えてこの日を待っていたのだ。久しぶりの生グレゴリーを前に、テンションが振り切れそうだった。しかし、貴族令嬢として、何より好きな人の前で無様《ぶざま》な真似はで

きない。マデリーンは己《おのれ》の馬鹿高いプライドでもって、グレゴリーの鍛《きた》え上げられた胸筋目掛けて飛びつきたい衝動をねじ伏せた。

「グレゴリー様、お久しぶりです。お会いできて嬉しいですわ」

「マデリーン殿。その……、俺も貴女《あなた》に会えて嬉しい……」

グレゴリーは視線を泳がせながら、躊躇《ためら》いがちにそう言った。耳をほんのり赤くして、恥ずかしそうに告げられたその言葉に、マデリーンは心の中で悶《もだ》え転がった。

可愛いわ！　なんて可愛いのかしら！　なんで今すぐ結婚できないのかしら!?

アシュリーがその内心を知ればドン引きするようなことを考えながら、マデリーンは気力を振り絞って優雅な令嬢の仮面をかぶり続ける。

そんなマデリーンの心の内など露知らず、グレゴリーはマデリーンの後ろに立つアシュリーに視線を向けた。

明らかに親族だろう少年に、グレゴリーは緊張し、顔が強張る。

マデリーンにしてみると、ああ、緊張していらっしゃるのね、と微笑《ほほえ》ましく思う程度のものだ。しかし、アシュリーにとっては、グレゴリーから滲《にじ》み出《で》るベルクハイツ特有の圧がさらに強くなったように感じ、ただでさえ引き気味だった腰が一層ひどくなる。

逃げ出さないのは少年のなけなしのプライドと、目の前の人間を愛する姉を慮《おもんぱか》る気持ちゆえだ。

しかしながら、姉上、本当にコレと結婚するの？　と言わんばかりの視線を向けてしまう。ダニエルならば、分かるよと理解を示してくれただろうが、ここにいるのは恋する乙女だけだ。なぜそんな目を向けられるのか分かりません、とばかりに不思議そうな顔をされただけだった。

ええー？　とドン引きする弟を無視し、マデリーンは改めてグレゴリーに向き直る。

「ご紹介いたしますわ。こちらは私の弟のアシュリー・アルベロッソです。アシュリー、ご挨《あい》拶《さつ》を」

「……はじめまして。アシュリー・アルベロッソです」

アシュリーは目の前の男が怖いやら姉が理解できないやらで、どんな顔をすれば良いか分からないまま、どうにかそう挨拶《あいさつ》した。

マデリーンは顔の強張りが解けないアシュリーに、そこは笑いなさいよ、と思ったが、グレゴリーはまったく気にしていなかった。なにしろ、ほとんどの人間にそういった顔で挨拶《あいさつ》されてきたからだ。

「はじめまして。グレゴリー・ベルクハイツです」

どうぞよろしく、と差し出された手に、アシュリーは小さく肩を跳ねさせ、助けを求めるように姉に視線を遣った。

しかしマデリーンはにっこり微笑《ほほえ》んで、さっさと握手なさい、と圧をかけてくるだけだった。

アシュリーは意を決して恐る恐るグレゴリーの手を握る。

硬くて、大きな手だった。

「父上や兄上と全然違う……」

見るからに文官タイプの二人と比べるのは間違っているのだが、思わずそんな言葉がこぼれた。

「武人ですから……」

わずかに緩められた目元が、グレゴリーの威圧感を少しだけ削いだ。

しかしながら圧はやはり常人より強いため、笑っても怖いままなんて損してるな、とアシュリーは引きつつもそう思った。

そうして当《あ》たり障《さわ》りない言葉を交わし、一行は馬車に乗り込んだ。

馬車にはマデリーンとグレゴリーが向かい合い、アシュリーがマデリーンの隣に座っている。

マデリーンがちょっとは気を遣いなさいよ、という意味を込めてアシュリーに微笑《ほほえ》みながら視線を投げると、知ったことじゃないよ、とアシュリーも微笑《ほほえ》みを返した。

そんな、表面上微笑《ほほえ》み合いながら視線で小突き合うかのような姉弟の喧嘩《けんか》を、グレゴリーは素直に受け取り、仲がいいな、とのほほんと眺めていた。

「あの、グレゴリー殿はベルクハイツ領で魔物の討伐のお仕事をなさっているのですよね？　深魔《しんま》の森の魔物は他の領地の魔物より強いと聞いたことがあるのですが、本当ですか？」

小競り合いを打ち切り、アシュリーがグレゴリーに尋ねた。本能的に威圧感を感じつつも、なんでもない顔をして尋ねられたのは貴族教育の賜物だろう。まあ、先程は失敗したが。

そんなアシュリーの質問に、グレゴリーは少し考え、答える。

「全部が全部強いという訳ではないですね。ただ、突然変異体が非常に多く発生するのでそう言われているんでしょう。通常個体にしか見えない小さなキラーラビットが大きなブラッドベアーを角で突き殺しているなんてことがしょっちゅうあります。ですから、最初から深魔《しんま》の森の魔物は強いと思ってかかったほうが生き残る確率が上がります」

シビアな答えが返って来た。

そうなんだ、とちょっと遠い目をしてしまうアシュリーの横から、マデリーンが口を挟む。

「グレゴリー様、アシュリーにはそんな硬い喋《しゃべ》り方じゃなくて大丈夫ですわよ？」

年下ですしもっとフランクにどうぞ、と言われ、グレゴリーは少し困ったようにアシュリーを見る。

アシュリーは姉をチラッ、と見て、仕方ないなとでも言うかのような顔で肩を竦《すく》めた。

「身内になるわけですし。僕もちょっと落ち着かないので、姉上の言う通り敬語はいりませんよ」

生物として明らかに格上だと本能に訴えてくる圧が、アシュリーにそう言わせた。なるほど、兄上達がベルクハイツに気を遣うのはこれが原因か、と内心で納得する。反抗期に入って生意気な言動が増えたアシュリーでさえ、この人には丁寧に接しようと思わせられた。死ぬべきでない場所で死ぬくらいなら、高位貴族のプライドは横に置いておくべきなのだ。

そんなアシュリーの内心など知りもせず、グレゴリーは身内になるのだからと言われ、嬉しそうに小さく頷《うなず》く。

「それでは、遠慮なくそうさせてもらおう」

銀色の姉弟は、そっくりな笑みを浮かべた。

アルベロッソ公爵邸についたグレゴリーを出迎えたのは、公爵家嫡男のダニエルだった。

ダニエルはにこやかにグレゴリーの来訪を歓迎した。

「ようこそ、グレゴリー殿。私はダニエル・アルベロッソ。マデリーンの兄だ」

「はじめまして、ダニエル様。グレゴリー・ベルクハイツです。よろしくお願いいたします」

握手を求めて差し出された手を握り返す。

「グレゴリー殿、私達はいずれ義兄弟になるんだ。遠慮はいらない。そう硬くならないでくれ」

もっと砕けてくれて大丈夫だよ、と二人と似たようなことを言って微笑《ほほえ》むダニエルに、なるほど、マデリーンとアシュリーの兄だと小さく笑む。

「ありがとうございます」

ベルクハイツ特有の圧が和らぐのを感じ、ダニエルは内心ほっとする。彼等の一族が善良な人々なのは分かっているのだが、生物の本能なのか、どうにも近寄りがたく感じてしまう。

ダニエルは視線を動かし、マデリーンとアシュリーを見る。マデリーンは上品に、けれど身内が見れば上機嫌と分かる微笑《ほほえ》みを浮かべていた。

アシュリーのほうは流石《さすが》だ、と言わんばかりの顔でこちらを見ている。どうやら彼は早々にベルクハイツの洗礼を受けたらしい。顔を見るだけで……場合によっては気配だけで圧を感じるからな、とダニエルは学生時代を思い出し一瞬遠い目をする。

ベルクハイツに挟まれた学年は大変だったなぁ、と思わず記憶を辿ってしまい、それを見たグレゴリーが「ダニエル殿？」と少し不思議そうな顔をしていた。

「ああ、いや、失礼。グレゴリー殿はゲイル殿に似ているね」

「そうですか？　まあ、他の兄弟に比べれば長兄に似ているかもしれません」

あまり気にしたことはなかったが、確かに誰に似ているかと聞かれれば、父かゲイルという答えになるだろう。

ダニエルがお茶でもどうかな、と客間へ誘い、一行は揃って客間へと向かう。

それぞれが席につき、メイドがお茶を淹《い》れて隅に控えたのを確認して、ダニエルが口を開いた。

「グレゴリー殿、父と母なんだが、実は少しトラブルがあって視察からまだ戻ってないんだ。恐らく夜には帰ってこられると思うんだが……。申し訳ない」

「いえ、そんな、大丈夫です。トラブルとはどういったものですか？　まさか、お怪我をなさったとかでは……」

「ああ、いや、それは大丈夫だよ」

公爵夫妻は最近魔物の被害にあった農村へ慰問に訪れたのだが、その帰り道で馬車のトラブルがあったため、帰宅が遅れているのだ。

「なるほど。ベルクハイツでもそういったことはよくありますよ。ただ、うちで壊れるのは道ですが……」

「こわれるのはみち……」

ダニエルが目を点にして、思わず言葉を復唱する。

「その……、街道に出た魔物を狩る時、力加減を間違えて道を割ることがたまにありまして……」

気まずげに視線を逸《そ》らして言われたそれに、ダニエルが「ああ～」と納得の声を上げる。マデリーンも文化祭で壊れた四阿《あずまや》と大木を思い出し、ベルクハイツですものねぇと頷《うなず》き、アシュリーだけが目を白黒させていた。

「戦闘が終わると、すぐに魔術師を派遣して補修するんですが、やはり通行が可能になるまで時間がかかってしまい……」

「そこで魔術師を投入するのは、やっぱりベルクハイツだよねぇ……」

魔術師は実はなり手が少ない職業である。多少魔術が使える者はそれなりにいるが、魔術師を名乗れるほどの使い手というのはそういない。

努力と才能に裏打ちされた実力から、魔術師というものは総じてプライドが高い。普通は街道の整備などにそう簡単に手を貸さないのだ。

「うちは使えるものはなんでも使いますから……」

ベルクハイツの生まれの魔術師ならともかく、外部から来た魔術師は一番初めにそのプライドを木《こ》っ端微塵《ぱみじん》にされる。一体何をされるかというと、今まで習得してきた自慢の魔術をベルクハイツの戦士達に物理でぶった切られ、消し飛ばされるのだ。個人で大量破壊兵器になれる魔術師を、プチッと簡単に殺れる存在がいるのだと、魂に刻み込まされるのである。

そうした上位の存在にやれと言われれば、きっちり最敬礼して「イエス、サー！」と賢くお返事するしか道はない。

「領ごとの特色というやつだねぇ」

「そうかもしれませんね」

ダニエルは少し遠い目をしながらもそう言い、グレゴリーはそういう言い回しをしたダニエルの優しさを素直に受け取った。

マデリーンは兄と婚約者の和《なご》やかな会話をにこにこしながら眺め、アシュリーはドウイウコトナノ、と頭上に大量のクエスチョンマークを浮かべていた。

そうしていると、客間に使用人がやってきてダニエルに耳打ちした。グレゴリーの荷物の搬入と荷解きが終わったという報《しら》せだった。

ダニエルはそれをグレゴリーに告げ、お茶会はお開きとなった。

マデリーンがゲストルームへ案内すると言ってグレゴリーと席を立ち、ダニエルとアシュリーは二人を見送る。

二人が部屋から離れたのを確認し、アシュリーが口を開いた。

「ベルクハイツ家に気を遣う理由はなんとなく分かったんだけど、疑問が増えたというか、理解しきれないというか……」

うーん、と考え込んでしまった弟に、ダニエルは苦笑する。

「まあ、グレゴリー殿がいる六日間で理解できるようになると思うよ」

なにせ、ベルクハイツがいる地で何も起こらないはずがないと、ダニエルは三年間の学園生活で実感したのだから。

マデリーンはご機嫌だった。

会いたくてたまらなかったグレゴリーに会えたし、次期当主の兄とグレゴリーの相性も悪くなさそうだった。アシュリーは少し警戒を――というより、戸惑《とまど》っているようだが、そのうち慣れるだろう。

そんなことを考えながら、マデリーンはグレゴリーに微笑《ほほえ》みかける。

「グレゴリー様。屋敷につくなりすぐに兄のお茶に付き合わせてしまいましたが、お疲れではありませんか？」

「いや、大丈夫だ。その……、それ以上に、貴女《あなた》が傍《そば》にいてくれることが嬉しい」

あらあらあらあらあら！　まままあまああまあ⁉

マデリーンの脳内が一瞬でフィーバー状態になった。淑女にあるまじき騒がしさだ。

「マデリーン殿は、この後時間はあるだろうか？　荷物の確認が終わったら、また共に過ごしてもらえると……嬉しいんだが……」

照れが勝って段々しりすぼみになっていくそのお誘いに、マデリーンは淑女の仮面をついに取り落とし、満面の笑みを浮かべて頷《うなず》いたのだった。

＊＊＊

グレゴリーが荷物の確認を終えた後、二人は先程とは違う客間へ向かった。そこは、気の許せる友人などを通すプライベートな場所で、装飾品は先程の客間よりも少ないがホッとするような落ち着きのある空間だった。

そんな雰囲気を感じたのかグレゴリーは部屋に視線を巡らせ、こういうのは良いな、と感心する。

マデリーンはお茶をメアリーに頼み、グレゴリーに向き直る。

「グレゴリー様は今までどのようにお過ごしでしたか？」

「ん？　そうだな……、訓練して、魔物を狩って、デスクワークもして……。まあ、仕事だな」

おおよその武人系の貴族の子弟の日常と変わらない。休養日もサンルームで昼寝をしたり、剣を振ったり、……たまに町へ出てマデリーンへの贈り物を見繕ったりしていた。

持ってきたアレはいつ渡そう、と無表情に守られた内心でそんなことを考えていると、何も知らないマデリーンはグレゴリー様らしいですね、と上品に微笑《ほほえ》んだ。

「マデリーン殿は冬期休暇に入って何をしていたんだ？」

「そうですわねぇ……」

ほっそりとした指を顎《あご》に添え、小首を傾《かし》げて考える。

まずは雪で道が閉ざされる前にと少し遠方に住む親戚が挨拶《あいさつ》に来たのでその相手をし、それが終われれば近隣の有力者の令嬢達とお茶会、そこで仕入れた情報で王都の流行と地元の流行をすり合わせ、職人にそれを伝えて……

「社交……でしょうか？」

ただ、お茶会でグレゴリーとの婚約をある令嬢からやたらと同情されたのが気に食わなかった。以前からマデリーンとはそりが合わない令嬢だったが、これまで以上にイラついたのは記憶に新しい。

顔には出さなかったが、その時のことを思い出して漏れ出てしまった苛立《いらだ》ちにグレゴリーが気づく。

「マデリーン殿、社交で何かあったのか？」

「えっ」

顔に出ていただろうか、と驚きに目を瞬《またた》かせ、自分の頬を撫でる。

その仕草にグレゴリーは小さく笑み、顔には出てなかったと告げる。

「ただ、少し気配が揺れていた」

「あら……」

武人らしい返答に、マデリーンはちょっと困ったように笑む。

「大したことではないんですのよ？　ただ、婚約解消のことで随分《ずいぶん》大げさに同情されまして……。グレゴリー様とのご縁を嬉しく思っておりましたので、気にしていないと言ったのですが、どうにも通じず……」

タチが悪いのは、件《くだん》の令嬢にまったく悪気がないことだ。心から婚約解消に同情し、新たに結んだ婚約を不憫《ふびん》に思っているのだ。きちんと令嬢教育を受けた正義感のある女性なのだが、どうにも自分の価値観で物事を判断し、相手を理解できない困った人だった。

「あまりにしつこくて、辟易《へきえき》しましたわ」

茶会に出席していた他の令嬢達は、マデリーンが本当にこの婚約を喜んでいるのだということを理解して口々に祝福し、件《くだん》の令嬢が余計なことを言い出さないように早々に話題を変えてくれた。しかし、問題の令嬢は茶会の最後までマデリーンに同情的な視線を向けてきた。

それはプライドの高いマデリーンでなくとも癪《しゃく》に障《さわ》るだろう視線だった。そこに同情すべきことがなければ、同情などただただ不快なだけだ。グレゴリーとの婚約をまるで嘆くべきことのように言われ、とにかく腹が立って仕方なかった。

疲れたように小さく溜息《ためいき》をつくマデリーンを、グレゴリーは心配そうに気遣った。

「マデリーン殿、大丈夫か？」

「大丈夫ですわ。その時のことをちょっと思い出してしまっただけですから」

それよりも、と話題を変える。

「明日のことなんですけど、町を案内するお約束でしたでしょう？　明日は表通り、その次は職人街を予定しているのですけど、他に見たいところなどございますか？」

「いや、マデリーン殿にお任せする。……楽しみだな」

小さく呟《つぶや》かれた言葉に、マデリーンは頬を緩ませた。

ちょっと嫌なことを思い出してしまったけど、とっとと忘れて、明日からの楽しいことを考えよう。あの令嬢とはお茶会でも滅多に会うことはないのだし、上手《うま》くすればもう二度と合わずに済むくらいに薄い関係だ。

そう思って、マデリーンは機嫌よく明日の予定を話し出す。しかし、ここにアレッタがいたならこう言っただろう。

それ、フラグが立つって言うんですよ、と。

第三章

　夕方、陽が沈む直前にアルベロッソ公爵夫妻はようやく帰宅した。

　彼等の顔には少しばかり疲労が滲《にじ》み出《で》ていたが、グレゴリーの訪問を心から歓迎し、出迎えられなかったことを詫びた。

「申し訳ない、グレゴリー殿。遠方からはるばる来ていただいたのに、我らが遅れるなど……」

「いえ、そんな。不慮の事故なのですから、どうかお気になさらないでください」

　子供達と同じ銀髪を撫でつけた貫禄《かんろく》のある紳士――ルベウス・アルベロッソ公爵からの謝罪に、グレゴリーは慌てる。

「本当にごめんなさいね。私も夫もこの日を楽しみにしていたから、とにかく急いで帰ってきたの」

　マデリーンによく似た面差《おもざ》しの夫人――ルアナ・アルベロッソは、親しげに、けれどどこか探るような目でグレゴリーを見た。見覚えのある『母親』の目だ。

　母もよくこんな目をして婚約者時代の兄嫁やフリオを見ていたな、と思い出す。

　どうにか挨拶《あいさつ》を済ませ、各々晩餐《ばんさん》の時間まで部屋で休むことになった。

＊＊＊

その日、マデリーンはご機嫌で目を覚ました。

昨日の晩餐《ばんさん》は和《なご》やかなものだった。

公爵夫妻が慰問に訪れた村の様子を聞いたり、マデリーンの学生生活の話をしたり、それをアシュリーがからかったりと、会話は尽きなかった。

グレゴリーと家族の様子はなかなか良い印象を受け、問題なくこれからも付き合っていけると思えた。

そして、翌日マデリーンが町を案内するという話題を最後に、晩餐《ばんさん》は終了した。

部屋に戻ったマデリーンは、入浴後念入りにケアを受け、翌日のデートを想像しながらベッドに入った。


そして今、鏡の中の自分の肌の様子を確かめてにっこりと笑む。

「良い感じね！」

弾む声が、マデリーンの内心を表していた。

マデリーンは、張り切っていた。なにせ、ようやくこぎつけた三度目のデートだ。過去二回のデートはなんだかんだ問題が起こったせいで、中断してしまっていた。

そのため、今回こそはラブラブに始まり、ラブラブを楽しみ、ラブラブで終わりたいと思っていたのだ。

楽しみにしすぎて脳内が花畑状態だという自覚はあるが、マデリーンの正直な心としては前述の通りである。

「今回こそは、騒動にも巻き込まれずに最後まで楽しむわよ！」

ぐっ、と気合を入れるマデリーンだが、ここにアレッタがいたらこう言っただろう。フラグが強固になりました、と。

＊＊＊

今日のマデリーンの装いは、白を基調とした清楚《せいそ》なドレス。アウターには白の暖かなコートを着ていた。

アルベロッソ領はウィンウッド王国でも北側に位置し、王都より気温が低い。雪が世界を白く染めており、雪かきされた道には、轍跡《てつせき》に少し土の色が混じっている。

公爵の館は領地の南のほうに位置しているため、まだ馬車での移動が可能だが、北のほうになるとそりを使わないと移動できなくなる。

そんな状態でよく両親は近くとはいえ慰問へ出かけられたな、と思いつつ、マデリーンは隣に立つ婚約者を見上げた。

グレゴリーはマデリーンと対照的な黒茶色のシンプルなコートを着て、珍しくハットを被っている。

マデリーンが思わずじっと見つめると、グレゴリーはそれに気づいて恥ずかしそうに小さく笑んだ。

「その、おかしいだろうか？」

「いいえ、よく似合っていらっしゃいますわ。ただ、以前お会いした時には被ってらっしゃらなかったな、と思いまして」

小首を傾《かし》げてそう言うマデリーンに、ああなるほど、と頷《うなず》く。

「領地だといつ呼び出しがあるか分からないから、被れないいんだ。全速力で戻るから、帽子に構っていられなくて落としたり、置き去りにしたりしてしまって……」

だから普段は被らないのだという。

「王都でも何かとあったから難しかったが、今日はアルベロッソ領だから被ってみたんだ」

王都でもベルクハイツ領でもないのだから、きっと何も起きないだろうという期待が透《す》けて見えた。

マデリーンもその期待は当然叶えられるだろうと思っており、素敵ですわ、とにこやかに褒《ほ》めている。

そんな二人の会話を緊張した面持ちで聞いていた護衛騎士達は、あのハットがもし落ちたなら、できる限り拾っておこう、と問題が起こること前提で考えた。ここに学園教師のローレンスがいれば、正しい判断だと頷《うなず》いただろう。

初々《ういうい》しいカップルにとっては胸を躍らせるドキドキのデートへ、護衛達にとっては小物の悪漢出没から建造物破壊まで、どんな問題が勃発《ぼっぱつ》するか分からないドキドキの護衛任務へ。

それぞれが異なる思いを抱える中、馬車の準備が整ったことが知らされた。

そうして、二人は馬車へ乗り込み、護衛達はそれに付き従って町へと繰り出したのだった。

＊＊＊

向かった先の町は雪かきがされており、タイルが敷《し》き詰《つ》められた道は所々残った雪が凍っているものの、気を付けていれば転ぶ心配はなさそうだった。

馬車からグレゴリーがまず先に降り、その手を借りてマデリーンが降りる。

そこにあるのはレンガ造りの大きな建物だった。

マデリーンは身嗜《みだしな》みを整えると、グレゴリーを振《ふ》り仰《あお》いで言う。

「ここがアルベロッソ領の役場になります。それから向かいの建物が商人ギルドですわ」

手が示すほうをグレゴリーの視線が追う。

「やはりどこも役場と商人ギルドは近くにあるんだな」

「そうですわねぇ。隣の領や王都でも近いところにありますし。……そういえばどこの冒険者ギルドも外壁近くにありますわね」

「ああ、冒険者ギルドは大型の魔物の死骸を運び込むことがあるからな」

冒険者ギルドは素材確保の依頼のため、魔物の死骸が運び込まれることがよくある。小型であればさほど問題にならないが、大型のものを町中へ運ぶのは邪魔になる。また、普通は魔物の死骸など見たくないため、そのあたりを配慮して冒険者ギルドはだいたい外壁の城門近くに建設されるのだ。

「堂々と大通りを使って魔物を運び込むのはうちくらいのものだろうな」

一応ベルクハイツ領でも城門近くに冒険者ギルドはある。ただ、ベルクハイツ領ではこれが一種の見世物になっている。

それから二人は役場前から移動し、大通りを歩く。

大通りはカフェやブティック、宝飾品店など、色々な店が建ち並んでいる。グレゴリーの目から見て、王都よりもファッション関係の店が多いように思えた。ベルクハイツ領とは比べるべくもないほどに多い。流石《さすが》は多くの職人を抱える流行の発信地だ。

ベルクハイツ領からそうそう出られないグレゴリーは、故郷とは違う街並みを物珍しそうに見渡す。

そんなグレゴリーをマデリーンは微笑《ほほえ》ましげに見つめ、護衛達はそんな二人を視界の端に収めつつ、少し離れた場所で悪漢が飛び出してきやしないかと警戒する。

護衛達の予想とは裏腹に、悪漢は現れなかった。けれど、もっと厄介《やっかい》な人物が護衛達の警戒をすり抜けてしまった。

「あら、マデリーン様？」

鈴を転がすような愛らしい声。

聞き覚えのある声だった。

その声のほうを、マデリーンは振り返る。

淑女であるマデリーンは笑顔こそ崩さなかったが、振り返った先にいた少女に、目をほんの少しだけ細めた。

「まあ！　やっぱり、マデリーン様だったわ！」

そこにいたのは、とあるお茶会でマデリーンを同情し続けた令嬢——ファニー・ベッセマー子爵令嬢だった。

クリーム色のコートによく映える赤いふわふわした巻き毛は美しく、鳶色《とびいろ》の瞳は親しい友人に会えて嬉しいと言わんばかりに輝いている。

「ファニー様。ごきげんよう」

マデリーンはよそ行き用の笑顔でガッチガチに武装し、ファニーへ向き直る。

「ごきげんよう、マデリーン様。お買い物ですか？」

「いいえ。婚約者を案内していますの」

そう言ってマデリーンは視線をグレゴリーに移した。それを追ってファニーもまたマデリーンの傍《そば》に立つ男性を見て——硬直した。

その様子に、グレゴリーは少し申し訳なさそうな顔をしつつも挨拶《あいさつ》する。

「はじめまして。グレゴリー・ベルクハイツです」

厳《いか》つい容姿の割に、存外声音は柔らかなものだったのだが、ファニーはそれに気づかなかった――否、聞いていなかった。

ファニーは現在十九歳。グレゴリーとは学園の在学期間が被っており、彼が巻き起こし、巻き込まれた騒動を知っていた。

グレゴリーの――ひいてはベルクハイツ家の噂は、どうしたって武力ないし暴力から切り離せないものだ。なにせ、どこそこで喧嘩《けんか》をし、結果的に裏社会の組織の一つが潰されただの、学校の校舎の壁にパンチ一つで大穴が開いただのと、なんともまあ物騒な話題に事欠《ことか》かないからだ。

ベッセマー子爵家の一人娘として大切に育てられた箱入りの彼女には、グレゴリーが大変暴力的な存在として映っても仕方がない土壌があった。

ゆえに、そんな恐ろしい男が目の前に現れ、ファニーの頭は真っ白になってしまった。

「ファニー様？」

不審に思ったマデリーンに話しかけられ、硬直していたファニーは思わず彼女の腕に縋《すが》りついた。

急に腕を取られ、グレゴリーから隠れるように自分の後ろへ回られたマデリーンは目を丸くする。

そんなマデリーンとは対照的に、グレゴリーはファニーの態度に驚くでもなく、落ち着いて見ていた。

実のところ、ベルクハイツ家の男達が令嬢にそういった態度を取られるのは珍しくない。気が弱かったり、甘やかされていたりして貴族の仮面を被れない令嬢達には、よく怯《おび》えられるのだ。ひどい時は悲鳴を上げられて気絶されるので、それに比べればファニーの態度は許容範囲内だった。

グレゴリーは苦笑一つでそれを受け入れたが、そうはいかないのがマデリーンである。

人の婚約者を見てこんなあからさまに怯《おび》えるなんて、なんて失礼なのかしら、と憤りを感じるものの、それを表に出すのは貴族令嬢としてよろしくない。それになかなか会えないグレゴリーとの時間を、ファニーのために消費するのも馬鹿らしい。

マデリーンはファニーを己《おのれ》から引きはがし、やんわりと言う。

「ファニー様、どうかなさいましたか？　まあ、お顔の色が悪いわ。馬車はどこかしら？　そういえば供の方はどちらに？　呼んできますわ」

遠回しに帰れと促《うなが》されたファニーはハッとして、怯《おび》えるだけだった思考を回しだす。

「すみません、マデリーン様。失礼しました」

「いえ、大丈夫ですわ。それで、馬車はどちらに？」

微笑《ほほえ》みながら馬車の場所を尋ねるマデリーンに、自家のお嬢様のことを知る護衛騎士達は、怒ってるなーと察し、グレゴリーも機嫌が悪くなっていると勘付いた。気づいていないのはファニーだけだ。

当のファニーは素直にマデリーンに心配されていると思い、大丈夫だと首を横に振る。

そして、意を決したようにグレゴリーを見上げた。

「お初にお目にかかりますわ。ファニー・ベッセマーと申します。マデリーン様とは親しくさせていただいています」

ファニーの言葉に、マデリーンの視線が冷える。お前と親しくした覚えはない、と冷笑がこぼれないように小さく深呼吸して、淑女の仮面を被りなおす。

「そうですか。マデリーン殿と親しくしていらっしゃる……」

グレゴリーがマデリーンに視線を向けると、にっこり微笑《ほほえ》まれた。なるほど、これがマデリーン殿の否定の笑み……、と一つ頷《うなず》く。

そんな婚約者達のやり取りに何を思ったのか、ファニーはまるでマデリーンを庇《かば》うかのように二人の間に割って入り、グレゴリーを睨《にら》みつけた。

「マデリーン様を睨《にら》まないでください！　私と仲良くしちゃいけないんですか⁉」

「えっ？」

思わぬことを言われ、グレゴリーは目を丸くした。

自分の顔が強面であることは自覚があるが、確認のために視線を向けただけで睨《にら》んだと勘違いされたのは初めてだった。

流石《さすが》にちょっと傷ついたグレゴリーだが、言われた本人よりも心を波立たせた者がいた。マデリーンである。

一瞬ストンと表情をなくしたが、早々に笑顔を張り付けた。

「ファニー様、グレゴリー様はお優しい方なのですよ？　私を睨《にら》むなんてことはなさらないわ」

宥《なだ》めるような言葉に、ファニーはなぜか悲愴《ひそう》な顔をした。

「マデリーン様、そんな庇《かば》うようなことを……。大丈夫ですわ。ええ、私には分かっていますもの」

何を分かっているというのか。明らかに話が通じていないと分かるファニーの台詞に、マデリーンは顔が引きつりそうになる。

「公爵様も公爵様です！　悪いのは浮気をなさったシルヴァン様だというのに、マデリーン様にこのような仕打ちをされるなんて……！　ベルクハイツ――ベルクハイツ領へ行けだなんて、なんて恐ろしい……！」

その言葉で、ファニーがどういう勘違いをしているのか少しだけ理解できた。ファニーは、この婚約をマデリーンへの罰だと思っているのだ。

マデリーンのために、見当違いの憤りを感じている。ベルクハイツ領へ行けだなんて、という言葉は、ベルクハイツ家だなんて、と言いたかったのを我慢して出たものだろう。貴族令嬢の立場から流石《さすが》にまずいと思って言い直しているものの、残念ながらまったく意味をなしていない。

これは流石《さすが》に怒っても許されるだろう、とマデリーンが柳眉を逆立てた――その時だった。

「お嬢様！」

真っ赤な顔で、冬だというのに汗だくになって走ってきたのは従者服の男だった。男は転げるようにファニーへ駆け寄る。

「なんでこんなところにいらっしゃるんですか⁉　店でお待ちくださいと申し上げたではありませんか！」

半泣きで捲《まく》し立《た》てる従者の男に、ファニーは「あ、そうだったわ。ごめんなさいね」と申し訳なさそうに素直に謝った。しかし、そのどこか慣れた様子から、常習犯であることが窺《うかが》える。

従者はその謝罪を聞いて大きく溜息《ためいき》をつき、肩を落として視線を動かして……マデリーンと目が合った。

どうやらこちらに気づいていなかったらしく、従者はぎょっとして目を見開き、丸めていた背中を伸ばす。

「これは、アルベロッソ様。お恥ずかしいところをお見せしてしまいました。申し訳ございません」

折り目正しく頭を下げられ、マデリーンは「いいえ……」と小さく返した。

その様子から何かあったのだと察した従者は、視線を動かし、体格の良い厳《いか》つい男を見つけた。

武人の覇気《はき》を感じる勇ましい面構えが、どうにも困ったような表情をしていることから事態を悟る。明らかに主人が何か余計なことを言ったのだ。悪いお人ではないのだが、昔からどうにも思い込みが激しく、一度そうだと判断するとなかなかそれを覆《くつがえ》せない。そんな困った方なものだから、自分が謝罪しようにも主人に割り込まれて余計に話が拗《こじ》れかねない。

従者は今までの経験から、主人をここから引き離すのが一番だと判断する。

「お話し中申し訳ありません。お嬢様、旦那様とのお約束の時間が迫っております。早急に馬車にお乗りいただきたく」

「えっ、もうそんな時間なの？」

本当はまだ余裕があるのだが、従者は何食わぬ顔で頷《うなず》く。

「マデリーン様、お連れ様も誠に申し訳ありません。このたびのことは、後日改めてお詫びさせていただきたく……」

深々と頭を下げる従者に、マデリーンは小さく溜息《ためいき》をついて了承の意を返し、グレゴリーもそれに追従する。

それにファニーが何かを言おうとするが、「お嬢様、時間がありませんよ！」とやはり慣れた様子で追い立てる。

騒々しく二人が去っていった後、マデリーンとグレゴリーは顔を見合わせる。そして、疲れたように深々と溜息《ためいき》をついたのだった。

その後、マデリーンとグレゴリーはカフェでお茶をし、数件店を冷やかして帰宅した。

楽しくはあったのだが、どうにもファニーとの一件のせいでケチが付いたような気がしてならず、それが非常に残念だった。

翌日は職人街を案内する約束だが、どうにも嫌な予感がした。もしそれをアレッタが聞いたなら、なかなか良い勘してますね、と言っただろう。

事実、グレゴリーは町を案内されている間、ファニーなど足元にも及ばぬ敵意の混ざった視線を感じていた。

騒動の芽が出ている状態で、それを避けられないのがベルクハイツである。

グレゴリーは翌日ハットを被っていくかどうかを悩む程度には、何かが起きるだろうとこれまでの経験から予見していた。

＊＊＊

翌日は雪こそ降らなかったが、あいにくの曇《くも》り空で気温が低かった。

前日よりもしっかり防寒をして、マデリーンはグレゴリーと共に職人街へと向かう。

馬車を職人街の一角で止めさせ、二人はそこで街に降りた。

そこは深い堀に囲まれた区画で、二人の目の前には大きく頑丈な橋が架かっている。堀には水が貯えられており、氷が張っている。

「グレゴリー様、この堀で囲まれた区画にはガラス工房や金属製の製品を作る工房が多く建っています。なぜだかお分かりになりますか？」

「ふむ……。ああ、火を使うからか。火事を警戒してるんだな」

「その通りですわ！」

正確には、もし火事が起こった場合、それが住宅街にまで燃え広がるのを警戒してだ。

「うちの領では工房が並ぶ地区は城壁で区切っている。やはり、色々違うな」

「そうなのですか？」

ベルクハイツ領では、領軍が詰《つ》める砦《とりで》の近くに武器や防具を鍛《きた》える鍛冶工房がある。それというのも、とにかく強力な魔物が出現しやすい土地柄なので、領軍は武器や防具の消費が激しい。特に前線に立つ者となると、武器や防具はオーダーメイドで頼む者も少なくない。そのため、鍛冶師との連絡の手間を惜しみ、工房は砦《とりで》の近くに建設されるようになったのだ。

「昔は……特にバーナード兄上が武器をよく壊して鍛冶師に怒られていたな」

「あらまあ」

くすくすと笑い合い、ゆっくりと職人街へ歩を進める。

しかし、今回向かうのは鍛冶屋ではなくアクセサリーを作る工房だ。そこでは、ベルクハイツ領から買いつけた魔物素材で宝飾品を作っていた。

目的の工房につき、ドアノッカーで扉を叩いて開けた。

入り口から中を覗《のぞ》き込むと、カウンターがあるのが見えたが、受付の人間がいるだろうそこには誰もいなかった。早く来すぎたかしら、とマデリーンが小首を傾《かし》げた——その後ろで、グレゴリーは後ろの建物の陰へ一瞬だけ視線を飛ばし、戻す。

建物の中へ入ったマデリーンに続きながら、グレゴリーは被っていたハットを脱いだ。

「今日はもう被れないな……」

溜息《ためいき》と共に小さな呟《つぶや》きをこぼし、護衛騎士を呼んで指示を出す。

マデリーンは奥から慌てて出てきた工房の人間と話していたため、厳しい顔をする男達に気づくことはなかった。

＊＊＊

最初に案内されたのは、研磨職人のところだった。

そこには沢山の薬剤が置かれていた。魔物素材は物によって硬すぎたり柔らかすぎたりするので、職人達はまず薬剤で加工しやすい硬さにするのだという。

職人は十センチくらいの美しいエメラルド色の鱗《うろこ》を手に取り、言う。

「これはグリーンサーペントの鱗《うろこ》です。本当に馬鹿みたいに硬くて斬れないし砕けないしで、このままでは当然研磨もできないんですよ」

薬液に三日三晩浸けてようやく研磨できるようになるという。

そんな鱗《うろこ》を見て、マデリーンはあることに気づく。

「あら？　けれど、これは斬った跡のように見えるのだけど」

鱗《うろこ》の端の目立たない部分ではあるが、鋭利な刃物で斬られたと思われる跡があった。

グレゴリーは少し身を乗り出して鱗《うろこ》を見て、ああ、と頷《うなず》く。

「これは三番目の兄だな。あの人は大剣の他にも東方の刀を使うから……」

本当に綺麗にスッパリ斬ってしまうんだ、と小さく笑む。

「まあ！　ディラン様はすごい方なのですね！」

「わぁ……、マジか……」

グレゴリーのその言葉に対する反応は二つに分かれた。

マデリーンは素直に感心したが、研磨職人は遠い目をした。なにせ、その鱗《うろこ》がどれだけ職人泣かせの代物《しろもの》か身をもって知っていたからだ。

噂には聞いていたけど、ベルクハイツ家ってすごいを通り越してヤバイな、と目の前のベルクハイツ家の男を見てしみじみと思った。

職人は気を取り直し、説明を続ける。

「この魔物素材の研磨には薬剤が重要になります。薬剤次第でこの綺麗なエメラルド色が台無しになったり、逆に汚らしい色の魔物素材が宝石に負けない美しい色に変化したりするからです。この薬剤の配合は各工房で違い、秘伝となっています。まあ、よく使用される魔物素材の薬剤なんかはほとんど変わらないんですけどね」

研究すれば行きつく先はだいたい同じだと言って、職人はいくつか粉末状の薬剤と薬液を取り出し、それを混ぜ合わせる。

「このグリーンサーペント用の薬液なんかは特に有名で、どこの工房も同じ配合で使っています」

そう言って薬液の中にグリーンサーペントの鱗《うろこ》を浸けた。

薬液の中の鱗《うろこ》からは微量の気泡がポツポツと出ているだけで、特に目立った反応は見せない。

「実はこれ、魔素が出てるんですよ。ご存じとは思いますが、魔素は魔力の素ですね。それが鱗《うろこ》にも含まれていて、鱗《うろこ》を馬鹿みたいに硬くしているわけです」

だから薬剤に浸けて魔素を抜くのだと説明され、なるほど、とマデリーンとグレゴリーは頷《うなず》いた。

「武器や防具を作る鍛冶師なら違う工程を辿るんでしょうが、宝飾関係ではこういう工程を経て作品を作ります」

職人はカットされた美しいエメラルド色の宝石を二人に見せた。

「これがグリーンサーペントの鱗《うろこ》をカットしたものです。どうです？　美しいでしょう？」

そう言って笑んだ職人は、誇らしげな顔をしていた。

その後、実際に研磨しているところや、宝石がはめ込まれる前の台座、デザイン画をいくつか見せてもらった。グレゴリーは普段触れない専門業界の知識に触れ、わずかながら楽しそうに目元を緩ませていた。それをチラリと横目に見て、マデリーンは可愛いわぁ、と内心うっとりしながら微《ほほ》笑《え》んだ。

そうやって工房内の見学が終わり、マデリーンとグレゴリーは応接室に通されてお茶をいただいていた。

「うちはデザインから台座の作製、宝石のカットも全部やっちゃうんですけど、分業も珍しくないんですよ」

人心地つき、この工房の責任者の男が柔らかく笑う。

「魔物素材ってのは面白いですよね。ボルトホースの歯なんて、薬液に浸ければオパールみたいに遊色効果が出るんだから」

あれは思ってもみない発見だった、と言いながら彼は実物を見せてくれた。

それは既に加工されており、花を模したブローチになっていた。

「ベルクハイツ領の魔物素材は本当に質が良いですね。大きく、傷も少ない。思うに、『深《しん》魔《ま》の森』では魔物の成長速度が速く、若い個体が溢《あふ》れ出てくるのでは？」

工房長のその言葉に、グレゴリーは少し驚きつつ頷《うなず》く。

「ああ、その通りだ。すごいな、分かるのか」

「分かりますとも。魔物素材に触れて長いですからね。『深魔《しんま》の森』がいかに恐ろしいところか気づいて、背筋に震えが走りましたよ」

大変なお仕事なのですね。私達をお守りくださり、心からありがたく思っています、と言われ、グレゴリーは誇らしげに笑む。

「あの森から民を守るのが我が家の誇りだからな」

「そうですか……」

工房長はマデリーンに視線を移し、言う。

「お嬢様はこのように立派な方とご結婚なさるんですねぇ……。おめでとうございます」

「ふふ、ありがとう」

極上の微笑《ほほえ》みを向けられ、政略結婚とはいえちゃんと愛し合っているらしい、と工房長も微笑《ほほえ》む。

「これからも良いお取引をお願いいたします」

「こちらこそ、よろしく頼む」

工房長とグレゴリーはしっかり握手し、二人は工房の見学を終えたのだった。

＊＊＊

事《こと》が起こったのは工房から出てからだった。

護衛騎士が近寄ってきて、小声で報告した。

「グレゴリー様。ご指示の通り、怪しい男を捕縛しました」

「そうか。連れてきてくれ」

マデリーンはその報告に驚き、目を瞬《またた》かせた。

「グレゴリー様、何かありましたの？」

「ああ、ちょっと――」

グレゴリーがそう言いかけたその時、路地裏から男の喚《わめ》き声が聞こえた。

そしてしばらくして、アルベロッソ家の護衛騎士が薄汚れた格好の男を引《ひ》き摺《ず》って出てきた。

「グレゴリー様、この男でお間違いないでしょうか？」

「ああ、そうだ」

頷《うなず》き、グレゴリーは男の前に立つ。

「お前の目的はなんだ」

軽く威圧するが、男は唇を噛んで耐え、グレゴリーを睨《にら》み返した。

まあ答えないよな、と溜息《ためいき》をつきたくなる気持ちをぐっとこらえ、再度男に尋ねようと口を開こうとし、失敗した。

なぜなら、グレゴリーの後ろにいたマデリーンがすっと前に出てきたからだ。

「マデリーン殿、危ないから前に出るな」

「いいえ、グレゴリー様。ここはアルベロッソ領。私がすべきですわ」

そう言って、チラとグレゴリーを仰《あお》ぎ見て、小さく微笑《ほほえ》む。

「ですけど、やっぱりちょっと怖いので、どうぞお守りくださいませ。我儘《わがまま》をお許しください」

マデリーンは、グレゴリーが困った顔をしながらも頷《うなず》いたのを見て、男のほうへ向き直る。

「貴方《あなた》は何をしようとしたの？」

「……何もしようとしちゃいないさ、オジョウサマ。貴族だからって、こんなことが許されると思ってんのか？」

マデリーンを世間知らずのオメデタイ令嬢と思い、嘲《あざけ》るようにしゃべり出した男に、彼女はにっこり微笑《ほほえ》む。

「あら、そうなの。――それで、何をしようとしたのかしら？」

「ああ？」

同じことを問われ、男は訝《いぶか》しげに目の前のオジョウサマを見返し、思わず息をつめた。

オジョウサマは、笑顔だった。――けれど、目は笑っていなかった。

男に注ぐ視線は極寒の冷たさで、彼女が明らかに己《おのれ》を一己の人間として見ていないことを悟った。

あれは、己《おのれ》の首を刎《は》ねろと簡単に命じられる目だ。

それに気づけば、このいかにもか弱そうなオジョウサマがやたらと大きく見え、己《おのれ》の命は既に自分の手を離れ、この少女の手の中に在るのだと知る。

一気に血の気が引く男を尻目に、騎士が声を潜《ひそ》めて報告する。

「マデリーン様。男を捕らえた付近に、不自然な古紙の束がありました。それと、この男のコート

から こちらが……」

手渡されたのは、油の入った小瓶だった。

マデリーンは表情を消してそれを見つめ、改めてニッコリと笑む。明らかに何か企んでいる表情だった。

「まあ！　なんてことでしょう！　貴方《あなた》、ここに放火しようとしていたの!?」

マデリーンの良く通る高い声が、あたりに響き渡った。

そして一瞬の間の後、周りの建物の戸が乱暴に開かれ、目を血走らせた男達が怒りの形相で飛び出して来た。

「放火犯だって!?」

「どこのどいつだ！」

「ふてえ野郎だ！　縛り上げて馬で引きずり回せ!!」

ある者は槌《つち》を持ち、またある者は劇薬の入った瓶を握りしめ、捕らえられた男ににじり寄る。

「ヒッ」

あからさまな拷問の気配に、男は引《ひ》き攣《つ》った声を上げた。

「あらまあ……。このまま解放したら、きっと貴方《あなた》、大変なことになるわねぇ？」

男にしか聞こえないような、小さな声で告げられた酷薄な言葉に、男は恐怖で震える。

「お話、聞かせていただけるわね？」

「……はい」

言外に、捕まえてこの場から連れていってやるから正直に話せと言われ、男は観念したように肩を落とした。

マデリーンが満足そうに微笑《ほほえ》むその傍《かたわ》らで、すべてを見ていたグレゴリーは少しばかり遠い目をする。

「母上を思い出すなぁ……」

頼もしい限りだ、という呟《つぶや》きは、騒ぎに掻き消されてマデリーンの耳には届かなかった。

第四章

マデリーン達はそれ以上の見学を断念し、屋敷へ戻った。

男は連れていかれ、早急に尋問が開始された。正直に話さなければいきり立つ職人街の親方連中の前で解放すると言われたため、男は早々に観念して情報を吐いた。

その男が言うには、男が所属する裏社会の組織の指示で二人を監視していたらしい。

ベルクハイツ家の男は裏社会でも有名で、もし討ち取ったとなれば箔がつき、組織の格が上がるという。そのため、騒動を起こして、その隙にグレゴリーを殺してしまおうとしたのだとか。

供述書を読み、アルベロッソ家の面々とグレゴリーは呆れかえった。

「無理だな」

「無理ですね」

「馬鹿じゃん？」

順に当主、次期当主、末っ子の言葉である。

女性陣もにっこりと笑顔を浮かべながらも沈黙しているので、グレゴリーは苦笑する。

そんな微妙な空気の中、当主と次期当主の頭の中を駆け巡るのは、学生時代の思い出だ。

校舎に穴が空き、校内に侵入した不審者をうっかり臨死体験させ、ちょっと町へ買い食いに出かけたらなぜか裏の組織を瓦解させ……

実はベルクハイツ家当主と在学期間が被っていた公爵は過去を思い出して遠い目をし、その息子もそっくりな目をして溜息《ためいき》をついた。

アシュリーはグレゴリーの実力を測りきれてはいないが、その程度の策略でやられる人であるわけがないと思った。実際に、騒ぎを起こす前にこうして犯人を捕まえている。

「これ、どうするの？」

「もちろん潰すぞ」

「この頭の軽さでは、裏社会にある最低限のルールさえ理解できてないでしょうしね」

最低限のルールの例を上げるなら、今回あの男がやろうとした放火だろう。

職人が作り出す作品は、アルベロッソ領の生命線の一つだ。なくなれば一気にこの領は傾き、表も裏も立ちゆかなくなる。それを理解せずに箔をつけるためだけに燃やそうとしたのだから、頭が悪すぎる。

「だいたい、売られた喧嘩《けんか》は高値で買って叩き潰すのが貴族というものだ」

平然とそう言い切る父親に、アシュリーはそれもそうか、と頷《うなず》く。お茶をつぎ足していたメイドだけが、これが貴族かぁ、と遠い目をしていた。

「まずは組織の特定と動向の調査か」

「そうですね。まあ、だいたい目星はついていますが」

そうやって話し出した大人達に、アシュリーがおもむろに口を挟む。

「……あのさぁ。これ、グレゴリー殿に手伝ってもらうわけにはいかないかな？」

その提案に、一同は思わず口を閉じ、アシュリーに注目する。

「アシュリー、それは――」

「いや、だってさ、これからもグレゴリー殿はうちの領に来たりするでしょ？　そのたびに馬鹿な真似する奴が出るかもしれない。それならここで見せしめにしたほうがよくない？」

自領の問題にグレゴリーを巻き込むなんて、とたしなめようとしたダニエルの言葉を遮《さえぎ》り、アシュリーは言う。

「グレゴリー殿はこんなあからさまに強そうなのに、それでも喧嘩《けんか》を売る馬鹿だよ？　こういうタイプが組織を作れるくらいの数はいるんだよ？　それに、この組織以外にも絶対いる。そういう奴には見せたほうが早いよ」

アシュリーは、面倒は一回で済ませるべきだと考えたのだ。

マデリーンがグレゴリーと結婚するまで、少なくともあと一年はかかる。グレゴリーは仕事の都合上、そう頻繁に領地を離れられないだろうが、それでも片手の指の数くらいはここを訪れるだろう。そのたびに馬鹿に何か起こされたら面倒だ。

アシュリーの意見を聞き、マデリーンも賛同する。

「それもそうですわね。できるなら、一度で済ませたいわ」

こんな騒動が持ち上がったのなら、この後の予定はすべておじゃんだ。楽しみにしていたデートの予定が潰れ、マデリーンは表にこそ出さないものの機嫌が悪かった。そのため、こうしたことがまた起きないように、先に手を打っておきたかった。

「まったく、お前達は……」

ダニエルは半ば呆れ気味に溜息《ためいき》をつく。

「グレゴリー殿、これらの言うことは気にしないでくれ。すべて我が家で対処する。ただ、こういった事情なので、申し訳ないが後は館で過ごして欲しい」

公爵がそう言い、チラと下の子供達を睨《にら》む。

さっと目を逸《そ》らして知らんぷりするマデリーンとアシュリーに公爵が呆れていると、不意にグレゴリーが口を開いた。

「あの、閣下。もしよろしければ、私もお手伝いさせていただきたいのですが……」

どこか申し訳なさそうな申し出に、公爵は目を瞬《またた》かせる。

「ふむ。それはまあ、私としてはありがたいが……」

なぜそこで申し訳なさそうにするのか、と不思議そうに尋ねた公爵に、グレゴリーは諦念《ていねん》交じりに眉尻を下げる。

「実は……、ベルクハイツの男はよその土地に行くとよく――いえ、たまに踏み台として狙われるのです」

そうか、よく狙われるのか、と公爵は生暖かい目で頷《うなず》く。ある意味、とてもベルクハイツらしい。

「少々治安に不安のある土地に母が外交で向かう際、私達兄弟の誰かが同行することがあるのですが、なぜか絡まれることがあって……」

だいたいはその場で殴れば終わりだが、組織だって絡まれた場合は母の指示のもと、地獄絵図が描かれる。ちなみに同行者が母親似のディランの場合だと、倍以上にひどいことになる。

「アシュリー殿が言うように、一度力を知らしめれば絡まれることはなくなります」

どんな馬鹿でも命は惜しい。そのため、圧倒的な力の差を見せれば、余程の馬鹿でない限り喧嘩《けんか》を売ってこなくなる。

公爵はしばし迷ったが、当人が良しとするなら頼もうと頷《うなず》いた。

そうして男達は領軍の者を交えて今後のことを話し合うため席を立ち、行ってしまった。

残されたマデリーンと母のルアナは、静かにお茶を飲む。

そして、おもむろにルアナが口を開いた。

「少々クセはあるけど、誠実そうな良い方ね。母は安心しました。このご縁は大切になさいね」

「はい、お母様」

二人はよく似た美しい顔で、微笑《ほほえ》み合った。

＊＊＊

翌日、男が所属していた組織の情報が上がってきた。

グレゴリーは公爵とダニエル、領軍の治安維持担当者と共に、用意された資料に視線を落とす。

その組織は最近台頭してきたらしく、その資金源は違法薬物――麻薬と人身売買だ。しかも随《ずい》分《ぶん》派手に流しているらしい。

「ああ、この組織だったのか。近々潰す予定だったのだが、時期が早まったな」

「そうですね。あんなものを流されて許すとでも思ったのでしょうか？　随分《ずいぶん》派手にやってくれて……」

公爵とその息子が書類に向ける目は冷え切っている。

できるだけ派手に潰そう、そうしましょう、という会話には殺意が籠っており、その場にいた者達は鳥肌が立った。

その後、作戦はサクサクと決まった。

近いうちに潰すつもりで作戦が立てられていたため、グレゴリーが力を貸す部分に修正を入れるだけで良かったからだ。そうして早々にまとまった作戦を、翌日決行することとなったのだった。

＊＊＊

さて。時を少し巻き戻そう。

グレゴリー達が作戦会議をしている時、マデリーンはちょっと面白くないな、と思っていた。

確かに今後のことを考えてアシュリーの提案に賛同したが、せっかく同じ領地内にいるのに、朝食以降まったく会えていないのが残念で仕方がなかった。

「昼食も、三時のお茶もご一緒できないなんて……」

「急なことでしたから、詰《つ》めてお話し合いをされなくてはならないのでしょうね」

それはマデリーンだって分かっているのだ。ベルクハイツ領の武人であるグレゴリーが滞在期間を延ばすのは難しい。そのため、どうにかしようとするなら一日で作戦を整え、すぐに決行しなくてはならない。

しかし、そう頭では納得できても心がついていかないのだ。

「以前ベルクハイツ領に行った時は平気だったのだけど……」

そうメアリーにこぼすと、彼女はクスリと小さく微笑《ほほえ》んだ。

「それだけ今回の訪問を楽しみにされていたということではないでしょうか？　それに、あの頃よりも今のほうがグレゴリー様のことを愛しく思われているのでは？」

微笑《ほほえ》ましそうな眼差しには揶揄《からか》いの色はない。本気でそう思っているらしい。

マデリーンはその言葉に思わず目を丸くし、ジワジワと頬を赤く染める。

「そっ、そうね。そうかもしれないわ……」

動揺が声に出て、マデリーンはますます赤くなる。

手紙でのやり取りで交流を深め、トラブルも乗り越えた。時間でいえばたった半年程度だが、それでもそれだけの時間と手間をかけて想いを深めた。それをまさかこんなことで実感するとは思わなかった。

「グレゴリー様は本当に良い殿方ですわ。メイド達の間でも、あの方はきっとお嬢様を大切にしてくださると評判ですもの」

その言葉に引っかかりを覚えてメアリーに視線をやると、実は元婚約者であるシルヴァンにちょっかいをかけられて、ほとほと困っていたメイドがいたらしい。

そのメイドはなかなか美しく、男性が好みそうな豊満な体つきをしており、マデリーンがシルヴァンと婚約していた時に、遊び相手として目を付けられてしまっていたそうだ。

「彼女は平民ですので、権力を使われれば拒否できません。――ですので奥様にご相談し、別館に配置換えをしたのです」

「そんなことがあったの……」

頬から赤味が引き、思わず鳥肌が立つ。どうやらあの男、リサと会う前から浮気癖があったようだ。

「婚約を解消できて良かったわ……」

鳥肌が立った腕をさすりつつそう言えば、メアリーも同意するように深く頷《うなず》いた。

「本当に良かったです。あんなに若い年頃から婚約者以外の女性に――それも遊び相手として目を付けるだなんて、不潔です」

いったいいつ頃の話だったのだろうか。嫌悪感が顔に出てしまい、それを見たメアリーが苦笑する。

「サニエリク家の方にも連絡しましたので、何かしらの教育か矯正《きょうせい》がなされたそうですが、結局リサ嬢に……。まあ、そういったことがありましたので、大変僭越《せんえつ》ながらシルヴァン様と婚約解消になった時は胸を撫でおろしました」

そして現在、目を付けられてしまったメイドは、この母屋に戻ってきているらしい。

「実は奥様のご命令で、件《くだん》のメイドと見目の良い侍女数名をグレゴリー様のお世話係につけたのですが、欠片《かけら》も興味を示されませんでした。本当に、あの方はお嬢様のことがお好きなのですね」

これにはどういう顔をしていいのか分からなかった。

つまり、母はグレゴリーを試したのだ。

いったい何をしているのだと怒ればいいのか、一般論として婚約者の家で他の女にちょっかいをかける人間は——シルヴァンという前例がいたものの、普通はいないでしょうと言えばいいのか、それともグレゴリーの誠実さと真っ直ぐな愛情を喜べばいいのか……

「今夜のお夕食はご一緒できるそうです。楽しみですね、マデリーン様」

「そうね……」

顔や態度には出ていなかったが、母に心配をかけていたのだということを、この日ようやく知ったマデリーンであった。

＊＊＊

晩餐《ばんさん》は和《なご》やかだったが、公爵とダニエルの顔には薄っすらと疲労の色が見えた。

文官であり、上役の立場にある二人は、普段は軍部の作戦がすべて決まった後に説明を受け、許可を出している。つまりは専門家に任せているわけだが、今回はグレゴリーという外部の人間を交えての行動になるため、作戦の修正に最初から最後まで付き合った。

そうした慣れない仕事というのは疲労が溜まるものだ。二人の顔に滲《にじ》み出《で》ている疲労は、そのためであった。

「貴方《あなた》、今日は早めに休まれたら？」

「ああ、そうだな……。そうしよう」

「明日は大捕り物になるんでしょ？　兄上もグレゴリー殿も早く寝たほうがいいよ」

心配そうな夫人の言葉に公爵は頷《うなず》き、アシュリーの勧めに従って晩餐《ばんさん》は早めに切り上げられた。

それぞれが挨拶《あいさつ》して退室していく中、マデリーンはグレゴリーに近づく。

「途中までご一緒してもよろしいでしょうか？」

「ああ、喜んで」

二人は部屋へ続く廊下を歩く。

短い時間だが、隣にグレゴリーがいることが嬉しい。しかし、マデリーンは翌日に迫った作戦決行を思い、今さらながらグレゴリーの身が心配になってきた。

過去二回にわたり、彼の活躍をその目で見て、彼の実力を知っている。だからこそ、その辺のチンピラ如《ごと》きにグレゴリーが害されるようなことはないと確信しているのだが、それでも心配だった。

分かれ道にさしかかり、マデリーンは言う。

「あの……、グレゴリー様。作戦に参加することを勧めた私が何を言うと思われるかもしれないのですが、どうかお怪我には気を付けてください。ご無事に帰ってきてくださいね」

マデリーンの瞳には信頼と心配があった。

グレゴリーはマデリーンの想いを正しく汲み取り、小さく微笑《ほほえ》む。

「ああ。マデリーン殿、大丈夫だ。怪我一つなく帰ってくる」

マデリーンは俯《うつむ》きつつ、そっとグレゴリーの手を取り、その温度を確かめるように指を絡め——解く。

「……約束ですわよ」

そう言って、マデリーンは微笑《ほほえ》み返した。

＊＊＊

翌日、グレゴリーはハットを被らず、あからさまに弱そうな従者を連れて一人で町をぶらぶらしていた。

その従者は弱そうに見えるが、それなりに実力があり、自分の身を守るだけならまったく問題ない軍部の人間だ。

そんな二人は分かりやすく町をうろつき、コソコソと跡をつけてくる裏の人間を釣っていく。そして、十分に引きつけたところで、予定していた人気《ひとけ》がない路地へ入っていった。

作戦では、このまま裏町の広場へと出て、そこでグレゴリーを踏み台にしようと画策していた人間達と対峙する予定だった。

しかし、予定とは保証された絶対ではない。不確定要素はいつだって入り込み、予定を破綻《はたん》させていく。ゆえに、それもまたあり得ないことではなかった。

綺麗な赤い巻き毛の少女は、あら？　と小首を傾《かし》げながら見覚えのある男が暗い細道へ入っていくのを見た。

「あれは……」

赤毛の少女──ファニーは、その男が自分のお友達の婚約者だと気づく。

なぜあんな道に入っていくのかと訝《いぶか》しみ、ファニーは考えた。そして、彼女の頭の中で、恐ろしい妄想が広がる。──怪しげな男と接触するグレゴリー。取引する男達。美しいマデリーンがグレゴリーに騙されて、暗がりへと連れていかれ……。光のあたる世界からの転落。こぼれおちる涙。救いのない人生。

「だ、駄目よ！　そんなの許せないわ！」

ファニーは大変想像力が豊かな女性だった。

大切なお友達のために、ファニーは意を決してグレゴリーの跡を追った。ここで自分が証拠を掴み、マデリーンを救うのだと！

そうやって、ファニーは暗がりに入り、裏町へと足を踏み入れる。

まさか貴族令嬢まで釣れるとは露も思わず、軍部の人間が予め張っていた警戒網に彼女が引っかかったのは、決戦の場の近くだった。

慌てた兵が彼女を保護しようと動くが、間に合わない。暴力が吹き荒れる現場へ、彼女は躍り出てしまったのだった。

＊＊＊

「隠れてないで出てきたらどうだ」

人気《ひとけ》のない裏町の広場に、グレゴリーの声が響く。

そして、しばらくしてゾロゾロと小汚い男達が出てきた。

「良い度胸じゃねーか」

「辺境の田舎モンがよぉ……」

「貴族のお坊ちゃまが！」

従者に変装している軍人は、どうやらこいつらは生存本能を母親の腹に置いてきたらしいと哀れみの籠った視線を送った。

なんて馬鹿なんだろうか。グレゴリーから感じる圧が、あからさまに只者《ただもの》ではないと知らせてくれているのに、彼等にはそれが分からないようである。

下がれと指示され、男はそっとグレゴリーから離れる。

「大人しく捕まるなら怪我をせずに済むが、どうする？」

生存本能が備わっているならこれで投降する者もいるのだが、残念ながらここにいる者はニヤニヤ嗤《わら》うか、煽《あお》られて顔を歪《ゆが》めるだけだった。

男達はいきり立ち、リーダー格の男が怒鳴る。

「お前ら、やっちまえ！」

まさにチンピラらしい掛け声だった。男達が得物を手にグレゴリーに殺到する。

グレゴリーはその大きな体からは見合わぬほどに素早く動き、それらを綺麗に避けていく。

振るわれる拳《こぶし》は頬をかすめることもできず、振り下ろされたハンマーは虚しく石畳を叩き、突き出したナイフはコートの端すら切り裂けない。

そうやってしばらく避け続け、男達の息が上がってきたところで、グレゴリーは体勢を整える。

避けてばかりでは意味がない。なぜなら、己《おのれ》の――ベルクハイツ家の力を見せつけなければならないのだから……。

グレゴリーは軽やかにステップを刻んでいた足を止め、大地を踏みしめ、向かってくる男の鳩尾《みぞおち》に拳《こぶし》をたたき込んだ。

「ぐ……ぉ……!?」

それは、まるで馬に蹴《け》られたか、熊に薙《な》ぎ払《はら》われたかのようなとんでもない衝撃だった。

男は肺に溜めていた空気をすべて吐き出した。臓物がおかしな動きをして胃液がせり上がってくる。そして、二度目の衝撃に襲われると、目の前に星が散り、そのまま意識を失った。殴り飛ばされ、民家の壁に――しかも二階の壁にぶつかり、そのまま壁をぶち破って突き刺さった状態になったのだと男が知ったのは、かなり後になってからだった。

離れた民家の二階の壁に真っ直ぐに突き刺さり、そのままピクリとも動かない男に、仲間達が目を剥《む》く。そして、そろりとグレゴリーに視線を戻し、ようやく気づく。

「な……、なんなんだ、お前……」

怯《おび》えの混ざった声だった。

男達は、ようやくグレゴリーの――ベルクハイツ家の男の恐ろしさを感じ取ったのだった。


男達が戦々恐々とする中、「きゃあっ！」と場違いな可愛らしい声の悲鳴が聞こえた。

グレゴリーはぎょっとし、その声が聞こえたほうを見る。

そこには、いつかの赤毛の令嬢――ファニーがいた。彼女は壁に刺さっている男や、手に凶器を持つ男達を見て青褪《あおざ》めていた。

「こ、これは、いったい――」

いかにもか弱い令嬢らしく震えるファニーを見て、男達は地獄に蜘蛛《くも》の糸が垂らされたとばかりに飛びついた。

ファニーはすぐさま男達に捕まり、拘束された。

「おい！　この女の命が惜しければ、そこを動くな！」

グレゴリーは苦々しい顔で男達を睨《にら》みつける。

ファニーは目を白黒させて、身を固くしている。

なぜこんなところに令嬢がいるのかと思いつつも、グレゴリーはファニーを拘束している男の隙を窺《うかが》う。そんなグレゴリーとは逆に、男達は余裕を取り戻し、ニヤニヤと厭《いや》らしい笑みを浮かべだした。

「はっ、これで手も足も出ねぇだろう。ザマァねぇな！」

ファニーは男のアルコール臭い口臭に顔を顰《しか》めながら、考える。

これは、いったいどういうことだろうか？　グレゴリーが悪事を行う現場を押さえ、それをマデリーンに告げるべく来たというのに、自分を捕らえるいかにも破落戸《ごろつき》といった風貌の男達は、グレゴリーと敵対しているようだ。

「もしかして、仲間割れ？」

呟《つぶや》きは、的外れなものだった。

しかし、グレゴリーを悪人と決めつけているファニーの中では、それが真実になる。

今ファニーを捕らえている男も悪人だし、その男を睨《にら》みつけるグレゴリーも悪人だ。ファニーにとっては最悪の状況だった。

ファニーの脳裏に悪人達に攫《さら》われた後の想像が巡り出す。

廃墟同然の埃《ほこり》っぽく、薄暗い部屋に閉じ込められて、出される食事は粗末なパンとスープ。パンはきっとカビているし、スープには野菜の皮や肉の切れ端が浮いているに違いない。きっと鉄格子がはめられた牢屋だってあって、そこは寒く、与えられる防寒具はボロボロの毛布だ。男達はファニーを怒鳴りつけ、脅し、そして――

「い、いやぁぁぁぁぁ!!」

言葉にするのも悍《おぞ》ましいことをファニーにするに違いないのだ！

突如悲鳴を上げて、暴れだしたファニーに男が慌てる。

「なっ、くそっ！　暴れるな！　大人しくしろ！」

か弱い令嬢が暴れたくらいでは、荒事を生業《なりわい》にしている男はびくともしない。

けれど、男はグレゴリーから目を離してしまった。それは、決定的な隙だった。

グレゴリーは素早く足元の石を拾い、それを投擲《とうてき》する。

「ぐがっ⁉」

石は見事に男の額に当たり、男は首をのけぞらせた。

男の拘束が緩んだ隙に、ファニーは逃げ出した。

「ファニー・ベッセマー嬢！　こちらへ！」

グレゴリーがファニーを呼ぶが、怯《おび》えた彼女はグレゴリーのもとへは行かず、人がいないほうへと走る。

「ファニー嬢！」

グレゴリーの声を無視し、逃げようとするも、行く手を破落戸《ごろつき》達にふさがれる。

破落戸《ごろつき》達はファニーを人質に取ればどうにかなると思っており、それゆえに、グレゴリーよりも先にファニーを捕らえんと囲み込む。事実それは間違いではない。

「くそっ」

グレゴリーは厳しい顔で悪態をつく。

最早《もはや》、一刻の猶予《ゆうよ》もなかった。

グレゴリーは指をCの形に変えて口に持っていき、指笛を吹いた。

——ピィイイイィ！

それは、合図だった。

広場の建物の陰から、すぐ傍《そば》の家のドアから、兵士が次々に姿を現す。

上官と思《おぼ》しき服装の兵が号令を発す。

「捕えよ！」

——おぉぉぉぉぉぉ!!

雄叫びを発し、兵達が広場になだれ込む。

破落戸《ごろつき》達はそれを見て逃げだそうとするものの、兵士によって次々に捕らえられていく。

ファニーがそれに目を白黒させていると、傍《そば》にやってきた兵に無事に保護された。

それを横目に確認し、グレゴリーは破落戸《ごろつき》どもを次々に殴り、蹴《け》り飛《と》ばし、投げ捨てる。手加減なくガンガンノックアウトしていく様は、実に手際が良かった。

目を回す破落戸《ごろつき》に縄をかけ、一か所に集めて人数を確認する。

「全部で十五人でした！」

「そうか。あー……、二人足りないな。くそっ、逃がしたか……」

苦々しい顔でそう呟《つぶや》き、グレゴリーは次の行動に移るべく兵長に指示を出す。

「次の作戦へ移る。第三班は残り、ファニー・ベッセマー嬢を安全な場所へ。それ以外は作戦通りに」

「はっ！　了解しました！」

兵長は敬礼し、すぐさま行動を開始した。

＊＊＊

グレゴリーが次の作戦に移った時、マデリーンはソワソワと落ち着きなく部屋を歩き回っていた。

窓の外を眺め、その景色に変わりがなければ卓へ戻り、椅子に座って暫《しばら》く詩集を眺めるも、やはり落ち着きなく窓へ視線を遣り、立ち上がって窓を覗《のぞ》く。

そんな一連の行動に、メアリーが困った顔をする。

「お嬢様、そんなに心配なさらずとも、町の破落戸《ごろつき》程度ではグレゴリー様にはかすり傷一つつけられないと思いますよ」

「それはそうなんだけど、なぜだかとっても心配になるのよ。ほら、相手は人間でしょう？　そうすると、手加減しなくてはならないじゃない。そのせいでグレゴリー様の不利を招くようなことにならないかと、つい思ってしまって……」

そう言って、マデリーンは小さく溜息《ためいき》をつく。

魔物であれば容赦なく本気を出せる。それが死ぬことはつまり、グレゴリーを傷つけられないということだ。けれど、今回は裏の人間達に背後関係や裏のルートを吐かせなければならず、生きたまま捕まえなければならない。

生死に関してかなり非道なことを考えているという自覚はあるが、どうしたってグレゴリーのほうが大事なのだ。グレゴリーが命の危機に瀕するならば、罪人相手であるので容赦しなくて良いと思ってしまう。

「グレゴリー様は優秀な戦士でいらっしゃるし、もし力加減を間違えるようなことがあったとしても、やりすぎのほうに傾くんじゃないでしょうか？」

いつかの文化祭デートで、四阿《あずまや》を壊した件がメアリーの脳裏をよぎる。

代々ベルクハイツの人間は力加減に失敗し、色々なものを壊してきたと聞いている。手加減の失敗で自分の身を危うくするとは思えない。

「……そうよね。大丈夫よね」

大丈夫、大丈夫、と繰り返し呟《つぶや》くマデリーンに、メアリーは苦笑する。

どんな言葉を並べたって、マデリーンの心配はなくならないのだろう。愛する者が戦場へ向かえば、誰だってそう思うものだ。

「しばらく続きそうですねぇ……」

そう言って、メアリーは己《おのれ》の主人を見守ることにした。

さて、そうやってソワソワしていたマデリーンだが、窓を何十回目かに覗《のぞ》いたその時、一台の馬車と馬に乗った兵士が屋敷にやってくるのが見えた。どうやらグレゴリーではなさそうだが、それならいったい誰なのか？

不思議に思いながらそれを見ていた彼女は、部屋に報《しら》せを持ってきた使用人によって来客の正体を知った。

突如やってきたオキャクサマは、ボロボロだった。

「ま、までりーんさまぁ……」

かすれた情けない声でマデリーンを呼ぶのは、あのファニー・ベッセマー子爵令嬢だった。

着ているドレスはよれて皺《しわ》が寄り、ふわふわした赤い巻き毛は心なしか萎《しぼ》んでいるように見える。

何よりひどいのは、泣きすぎて腫《は》れた目に、涙の所為でぐちゃぐちゃになった化粧だ。

「ファニー様、どうなさったんですか⁉　なぜそんなお姿に……」

慌てて駆け寄ると、縋《すが》りつかれた。

「わ、私、悪事の現場を押さえようとぉぉ……！」

「悪事？」

震えるファニーの背を撫でながら、マデリーンは首を傾《かし》げる。

「あ、あの男……！　ベルクハイツの、あの、恐ろしい男が、怪しい行動を取っていたのです！」

ファニーの背を撫でていた手が止まる。

「きっと、邪悪なことを企んでいるに違いありません！　だから、私、それを暴くべくついていって……！」

マデリーンの顔から表情がごっそりと消えた。

それを運悪く目撃した使用人が、「ヒッ」と咽喉《のど》が引きつるような悲鳴を上げる。

「そしたら、悪漢とあの男が仲間割れをしていて……！」

マデリーンはにっこり微笑《ほほえ》み、縋《すが》りつくファニーを引《ひ》き剥《は》がした。

「それは大変でしたわね。さぞ、お疲れでしょう？　お休みにならなくては」

突如引《ひ》き剥《は》がされ、早口で捲《まく》し立《た》てられたファニーはキョトン、と目を瞬《またた》かせる。

「さあ、誰か、ファニー様を休ませて差し上げて。そうね、湯浴みの準備を。ゲストルームも整えてちょうだい」

「えっ、あの、マデリーン様――」

ファニーが何か言おうとするが、主人の機嫌の下降に気づいた有能な使用人達は、ファニーを丁重に、けれども問答無用で別室へ案内する。

「ファニー様、ご案内します」

「ああ、大変な目にあわれましたのね」

「この屋敷は安全ですわ。さあ、こちらです」

使用人達はファニーを取り囲み、流れるように部屋を出ていった。

それを見送り、マデリーンは微笑《ほほえ》みを顔に張りつかせたまま、くるりと振り返る。

視線の先は、部屋の隅に待機していた砦《とりで》の軍服を着る兵士だ。

「それで、何があったのか聞かせていただける？」

「はっ！」

兵士は冷や汗を流しながら、鯱《しゃちほこ》張《ば》って敬礼する。

微笑《ほほえ》みが威嚇《いかく》になるということを、兵士はその日初めて知った。

＊＊＊

マデリーンが張りつけたような微笑《ほほえ》みを浮かべて説明を受けている頃、どうにか難を逃れた破落戸《ごろつき》の男二人はアジトへ戻ってきていた。

ここはスラムと呼ばれるような薄暗い無法地帯である。

夏であれば道端に座り込んでいる物乞いは今はおらず、いたとしてもとっくに冷たくなっている。そういう場所だ。

アジトに戻った男達は乱暴にドアを開き、安酒をひっつかんで呷《あお》る。

「おい、どうしたよ。奴はぶっ飛ばしたのか？」

「他の奴はどうしたんだ？　まだ囲んでるのか？」

男達の帰還に、奥から仲間が出てくる。

「チッ、違う。聞いてねえぞ、あんなバケモノだったなんて！」

「はあ？」

仲間は不貞腐《ふてくさ》れて酒を飲む男達の傍《そば》に寄ってきて、訝《いぶか》しげな顔をする。

「どういう意味だ」

「どうもこうもねぇよ！　あいつ、バケモノみたいに強かったんだよ！　奴に殴り飛ばされて、壁に突っ込んだ――いや、突き刺さった奴もいるんだぞ!?」

理解しがたい表現だ。壁に人が突き刺さるとはどういう状況だ。

「それに、あいつ、領軍と組んでやがった。冗談じゃねぇよ！」

領軍と聞き、仲間の男達がぎょっとする。そして、それがどういう意味か察して「まさか……」と顔を顰《しか》める。

「おい、他の奴等は全員捕まったとか言わねぇよな？」

「その、まさかだよ。俺達以外、全員捕まっちまった！」

そう言い捨てた男から、目を吊《つ》り上げた仲間が酒瓶を奪う。

「お前ら、それでそのまま帰ってきたってのか！」

「そうだよ！　なんだよ、軍に楯突けってのかよ!?　俺らの倍以上の数がいたんだ！　無理に決――」

最後まで言わせず、仲間の男は馬鹿を殴り飛ばした。

「この大馬鹿野郎！　お前、領軍が関わってるってんなら、ここを潰す算段をつけてるに決まってんだろ！」

酒なんか飲んでる場合じゃねえだろうが！　と怒鳴りつけ、仲間の一人に指示を出す。

「おい！　ボスにこのことを知らせて来い！　すぐにでもここを放棄しなけりゃまずいことになる！」

指示された男は慌てて知らせに走り、殴られた男はポカンとした顔で仲間を見ていた。

「本来ならボスの前に引きずり出すんだがな。そんな暇はねぇ。そのまま逃げるか、捕まるか、好きにしな。まあ、このままここにいるってんなら、俺が直々に殺してやるから、覚悟するんだな」

そう吐き捨てて、その男は部屋から出ていった。

殴られた男は何を言われたのかようやく回り出した頭で理解し、悔しげに顔を歪《ゆが》ませて椅子を蹴《け》飛《と》ばした。

＊＊＊

「ああ、どうやら気づいたようです。慌ただしくなってきました」

「そうか。ご苦労」

恐らく先程アジトに駆け込んだ二人の男が原因だろう。

グレゴリー達が取り逃がした彼等から組織のボスが事情を聞いて、自分たちが追い込まれていることに勘づいたのだ。

「隊長、グレゴリー様の連絡員がまだ到着していませんが……」

「うむ。しかしな、ここでも取り逃してしまうのは論外だ。我らだけで突入するしかあるまい。あちらにも人員は裂いているから、逃げられることはないだろう。……よし、各自配置につけ！」

「はっ！」

この作戦を指揮する中隊長の命を受け、部下達は各々の持ち場につくべく走り出した。

総員配置についたと報告があり、中隊長は号令をかけた。

「総員、捕縛せよ！」

号令と共に、アジトの扉が叩き割られた。

＊＊＊

アジトの中に兵士が雪崩込み、小競り合いの末どんどん捕縛されていく。

ボスがいると思われる部屋には誰もおらず、捕縛した破落戸《ごろつき》に聞いても知らないと首を振る。どこかに抜け穴——隠し扉がないかと探すが、なかなか見つからない。

「この下には下水道がありますので、そこに通じる隠し扉があると思われるのですが……」

部下が床を叩きながら音を確かめ、隠し扉を探す。そんな時、一人の兵士が部屋へ駆け込んできた。

「隊長！　地下室がありました！」

「なんだと⁉」

兵の案内で向かった先は、本棚とそれをずらしたと思われる跡を残した小部屋だった。本棚の後ろには、地下へ続く階段がある。

「自分が先に降ります」

「気をつけろよ」

剣を抜き慎重に降りた先に在ったのは、荒れた部屋だった。

部屋に貴金属が転がっていることから、貴重品を持って慌てて逃げたのだろう。

「どこかに下水道に繋がる道があるはずだ。探すぞ」

「はい！」

隊長と兵士が二人で壁や床を探り、それを見つける。

「隊長、これ！」

一見、なんの変哲《へんてつ》もない石畳を敷《し》き詰《つ》めた床だが、一枚だけ簡単に外せるものがあり、その下からは取っ手がでてきた。

「でかした！」

それを掴み、力を入れて持ち上げると、暗い穴が顔を出す。下へ降りるための梯子《はしご》が設置されており、奥から水音が聞こえることから、その先が下水道であることが分かる。

「人を集めろ！　次の作戦に移るぞ！」

「了解しました！」

作戦は、最終段階に移ろうとしていた。

第五章

五人の男が地下の下水道を走っていた。

男達はとある裏組織のボスと、その幹部達だった。

彼等は最近力をつけ、のし上がって来た組織だ。急速に勢力を拡大した彼等の資金源は、麻薬や人身売買である。

この地に深く根を張り、権力を持つ伝統ある裏の重鎮達に、彼等は見下されていた。それらを見返そうと、男達はさらに麻薬をばらまき、大金を手に入れた。しかし、男達の取ったその手段こそ、重鎮達が彼等を見下す原因だった。男達は、やりすぎたのだ。

領主に早々に目を付けられ、彼等を狩る準備は着々と進められていた。

そんな中、この地に領主の娘の婚約者が来た。

その婚約者は、裏社会でも有名なベルクハイツ家の男だった。あの男を倒したとあれば、重鎮達も自分たちに一目置くようになるだろう。確かに屈強な戦士のようだったが、数で押せばなんとでもなるように見えた。そんな考えから男達は人数を集め、グレゴリーを襲った。

その結果が、領軍による捕縛である。

グレゴリーの力もさることながら、奴は領軍と組んでいたのだ。

なぜこんなことになった、とボスは舌打ちしたが、それを裏の重鎮達が聞けば鼻で嗤《わら》うだろう。

お粗末な頭で考えた結果、それ相応の結末を迎えた。ただ、それだけである。

男達は目的の場所につき、鉄製の梯子《はしご》を上る。上った先の蓋をずらし、出た先は町はずれに在る民家だ。

男達は持ち出した金目の物を抱えなおし、窓から外を確認する。

窓の外にはチラホラ人影が見えるが、軍服を着た者はいない。老人が日向ぼっこしている姿や、主婦と思《おぼ》しき女達が談笑する姿がある。特にこれといって特徴のない、平和な日常の一コマだ。

どうやらこの場所はバレてはいないようだと判断し、ボスは仲間達に視線を遣る。

「おい、二手に分かれるぞ。この格好だと目立つから、俺はここで着替えていく。お前ら……そうだな、三人は先にいけ。落ち合う場所は分かってるな？」

「ああ、大丈夫だ」

三人が頷《うなず》いたのを確認し、ボスは言う。

「金目の物はきっちり五等分だ。誤差はあるだろうがな。これ以上、俺についていけねぇって奴はそれ持ってどこにでも行っちまえ。ついてくる奴だけ、あの場所に来い。三日だけ待つ。いいな？」

ボスの言葉に、男達は苦笑する。

「何言ってんだよ。行くに決まってんだろ。俺達は最初からずっと、あんたについてきたんだぜ」

「そうだな。もう一度最初からやり直そうぜ。今度は金があるんだから、前よりは楽だ」

口々にそう言う四人の男達は、ボスがただのチンピラだった頃からの付き合いで、この組織の結成当初からのメンバーだった。

それなりに重用してきたが、彼等にはボスへの忠誠心が育っていたらしい。

ボスはフン、と鼻を鳴らし、口元を掻く。ボスが照れた時にする癖だった。男達がニヤニヤ揶揄《やゆ》するように笑むのを見て、ボスは顔を顰《しか》める。

「オラ、とっとと行け！」

男達は笑い、そのうちの三人が家を出ていった。

その背を見送り、ボスは服を取りにいき、残った一人は警戒すべく窓の外を覗《のぞ》く。

その目に映るのは、何の変哲《へんてつ》もない日常の筈だった。

「罠だ！　逃げろ！」

わずかに、仲間の声が聞こえた。

ボスがぎょっとして視線を家に残った仲間に向けると、仲間は焦ったような顔をして窓辺から離れたところだった。

「爺《じじい》も、女達もあれは軍人だ。あいつらが声を上げた後、芝居をやめてこっちを睨《にら》みやがった！」

二人は慌てて下水道に戻るべく蓋を開けるが、そこから多くの足音が聞こえることに気づく。

「くそっ、追ってきやがったか！」

「ボス、上に上がろう。屋根伝いに逃げるんだ」

そう言って男が壁に背を向けた、その時だった。

――ドゴォォォォ！

突如、壁が派手に破壊された。

驚き、振り向く男の目に映ったのは、大きな掌だった。

それは的確に男の顔面を掴み、万力の力で締め上げる。

「ぎゃぁぁぁぁぁぁ!?」

あまりの痛みに絶叫する男の向こうに、人影が見えた。

崩れた壁の向こう、濛々《もうもう》と上がる土煙が収まる頃、その人影の正体を知る。

「ああ、ハズレだったか。——と、すると、お前がボスか」

黒の短髪に、厳《いか》つい顔。若き覇者《はしゃ》の風格を持つ、ベルクハイツの化け物。

「さて、覚悟してもらおうか」

グレゴリー・ベルクハイツがそこにいた。

＊＊＊

グレゴリーは左手で男を一人持ち上げながら、悪趣味なアクセサリーをジャラジャラつけたボスとおぼしき派手な男を見下ろす。

ホラーじみた登場の仕方をしたグレゴリーに、ボスは限界まで目を見開いて腰を抜かした。

グレゴリーは屋内に入るのに邪魔な壁を一蹴《ひとけ》りで壊し、広くなった穴から屋内へ入る。悲鳴を上げる男が五月蠅《うるさ》かったので、ギュッと力を籠めると体から力が抜けて静かになった。

それを床に捨て、改めてボスに視線を向ける。

ボスの視線は、打ち捨てられた仲間に向けられていた。仲間は白目を剥《む》き、口からは涎《よだれ》が垂れている。ピクリとも動かず、生きているのか、それとも死んでいるのか……

立つことができないボスは、グレゴリーから逃れようとじりじりと後退し、背に壁が当たった。

グレゴリーは無言でボスに近づき、手を伸ばす。

ゆっくりと近づいてくる手を見つめ、ボスの咽喉《のど》から引《ひ》き攣《つ》った悲鳴がこぼれる。そして、それはボスの顔に触れ——

「ん？」

ボスの体から力が抜けた。

手を放してみると、仲間の男と同じように白目を剥《む》いており、どうやら気を失ってしまったらしい。

おや、と驚いていると、鼻にアンモニア臭が届き、顔を顰《しか》める。

ボスの高そうなズボンは尿に濡れ、これが暴力と非道を生業《なりわい》とする組織の頭かと、その醜態《しゅうたい》に呆れる。

兵士達がグレゴリーが空けた穴から顔をのぞかせ、「終わりましたか？」と尋ねてきたので、頷《うなず》く。

「二人とも気を失っている。気がつく前に、縄をかけてくれ」

「了解しました」

家のドアから、そして穴から兵が入ってきて、男達を拘束していく。

家から外に出たグレゴリーに、今日一日従者のふりをして共に行動していた兵士が近づいてくる。

「お疲れ様です、グレゴリー様。まさか壁を壊して、そのまま捕らえるとは思いませんでしたよ」

「ああ、いや、壁のすぐ向こうにいるのが気配で分かってな……。ダニエル殿にこの家は取り壊すので壊して大丈夫だと言われていたから、つい……」

「ははぁ……、なるほど……」

気まずそうに目を泳がすグレゴリーに、従者服の兵は生暖かい目になる。

恐らくダニエルは、ベルクハイツ家の者が関わるなら何かしら壊れるだろうと思い、先に許可を出していたのだろう。ベルクハイツに挟まれた学園での経験が偲《しの》ばれる。

「何にせよ、間に合ってよかったですね」

「ああ、そうだな」

あの広場での乱闘で二人を取り逃がしたせいで他部隊の作戦行動が早まり、グレゴリー達がこの場に到着したのは作戦が終盤に差しかかってからだった。

そもそも、この民家はボス達が下水道を通って逃げてくるだろうと領軍が張り込んでいた。そこにグレゴリー達も合流して援護する予定だったのだが、グレゴリーが到着早々に壁のすぐ向こうに逃げた一味の誰かがいることに気づいたのだ。

その後は、ご覧の通りである。

壁を砕き、空けた穴から腕を差し込んで男を捕らえ、自分で作った入り口を広げて屋内へ侵入したのだ。

グレゴリーは己《おのれ》が空けた穴を見ながら、「やっぱり扉から突入すべきだったか……」と呟《つぶや》いて、気まずそうに頬を掻いたのだった。

第六章

マデリーンは不機嫌だった。

この上なく、不機嫌だった。

現在、アルベロッソ公爵家の屋敷に、マデリーンの機嫌を急降下させた元凶がいる。ファニー・ベッセマー子爵令嬢である。

なぜファニーがアルベロッソ公爵家の屋敷にいるかというと、裏組織の捕縛作戦に巻き込まれたからだ。

ただし、この巻き込まれたという表現は少しばかり正しくない。半ば自分から巻き込まれに行ったようなものだったからだ。

彼女はなぜかマデリーンの婚約者であるグレゴリーに敵対心を抱いており、作戦行動中のグレゴリーを見かけ、彼を怪しんで路地裏へついていったのだ。これだけで、貴族の令嬢としてありえない行動である。暗い路地裏に入るなど、攫《さら》ってくれと、害してくれと言っているようなものではないか。

そして案の定、捕縛のためにグレゴリーと組織の破落戸《ごろつき》が乱闘している現場に転がり出て、人質に取られたのだ。

早々にグレゴリーのおかげで破落戸《ごろつき》の手から逃れられたが、貴族のか弱い令嬢が巻き込まれてしまったからには、またグレゴリーの手を拒んだ彼女を保護するためには、一刻も早く片づけねばならない。

そのために領軍を投入し、早期決着を試みた。

しかし、確かに破落戸《ごろつき》達を捕縛はできたが、領軍が投入されてすぐに逃げに転じた者がいたため、それを取り逃がしてしまった。

グレゴリー達は次の作戦に移る班と、ファニーを安全な場所へ送り届ける班に分かれ、次の行動を開始した。

そして、保護されたファニーは砦《とりで》の救護室に連れていかれたのだが、どうにも落ち着かず、なぜかグレゴリーの危険性を延々と訴えたのだという。

そんな事実はない、誤解だと言っても聞かず、最後には責任者に直接訴えると騒ぎ立てたため、砦《とりで》にいたマデリーンの兄――ダニエルの命によってアルベロッソ公爵家の屋敷へ送られることとなったのだ。

つまり、ダニエルはマデリーンに、邪魔だからこのオトモダチを預かっていてくれと言っているのだ。

マデリーンはこの腹立たしいオトモダチを預かるのは別に構わない。しかし、ありもしないグレゴリーの罪悪を聞かされるのは不愉快だった。

現在ファニーは風呂に入っているが、出てきたらきっとそれを聞かされるのだろう。わざわざ不愉快になると分かっているそれを聞きたくなくて、マッサージやオイルケアなどエステのサービスを指示したが、彼女の保護者が迎えに来るまでもつだろうか？

そう思いながら、マデリーンは窓の外を見て、溜息《ためいき》をついた。


時刻は午後三時。ちょうどお茶の時間に、ファニーの保護者よりも先にグレゴリーとダニエルがアルベロッソ公爵家の屋敷に帰還した。

公爵夫人たるルアナと、マデリーン、アシュリーがそれを出迎える。

ルアナは二人が休めるようにと使用人に指示を出しにいき、マデリーンとアシュリーはその場に残った。

グレゴリーの髪が心なしかしっとりしており、どうやら砦《とりで》で汗を流してきたらしい。ダニエルのほうは、少し疲れた顔をしていた。

「お帰りなさいませ、グレゴリー様。お疲れさまでした」

「ああ、ありがとう、マデリーン殿。……ただいま」

素早くグレゴリーに怪我がないか確認し、微笑《ほほえ》んで無事の帰還を喜ぶと、グレゴリーは少し気恥ずかしそうに小さく笑んだ。

二人の間に、甘い空気が流れる。

お帰りなさい、だなんて、なんだか結婚したみたいじゃない？　と恋心が囁《ささや》く。恐らく、グレゴリーもそう感じたのだろう。ただいま、の言葉がほのかに甘かった。

そんな二人を横目に、アシュリーは小声で呻《うめ》く。

「うわぁ……。新婚夫婦かよ……」

「まあ、仲が良いのは良いことじゃないか。しかし……、ああ、疲れた……」

珍しい兄の愚痴に、アシュリーが改めて兄を見る。

「そんなに大変だったの？」

「大変だったとも。建物が壊れたのは別にいいんだ。想定内だから。けど……、こんなことは言いたくないが、感情的な女性とはあまり話したくないね。話の通じない人は特に」

「ああ……」

アシュリーはすぐにファニー嬢のことだな、と察する。

「兄上、ファニー嬢の家の人はまだ来ないの？」

「それがなぁ、ご両親がちょうど留守にしてらっしゃる上に、彼女の従者が胃をやられて血を吐いたらしくてな……。可哀想に、彼女が騒動に巻き込まれたことに責任を感じて、死んでお詫びすると大泣きしていて……」

「大惨事じゃないか」

ファニーは従者が会計をしている隙に姿を消し、自ら路地裏という騒動の地に突っ込んでいったのだ。人気《ひとけ》のないところに行ってはいけないと教育されている令嬢のすることではなく、彼女の今回の被害は半ば自業自得だ。それに巻き込まれた従者こそ哀れである。

「それで、彼女の婚約者が迎えに来る手筈になっている。そろそろ来るはずなんだが――」

ダニエルがそう言った、その時だった。

「ああっ！」

玄関ホールに、女性の甲高い声が響いた。

「マデリーン様！　危険です！　その男から離れてください！」

こちらに駆け寄ってきたのは、噂にあがっていたファニーだった。

ファニーはエステの効果か肌がツヤツヤしており、屋敷に来た時よりだいぶ元気になったらしい。

猛然とした勢いでマデリーンとグレゴリーの間に割り込んだ。

「ファニー様、いきなり何を――」

「マデリーン様、ご安心ください、私がお守りいたしますわ！」

マデリーンより小柄なファニーは、胸を張ってそう言って見せた。

甘い空気を邪魔されたマデリーンの微笑《ほほえ》みが引きつる。

これはまずいなぁ、と姉の機嫌の降下に気づいたアシュリーが口を挟む。

「ファニー嬢、グレゴリー殿は姉上の婚約者で、信用のおける方です。我が父、アルベロッソ公爵が保証しています。さあ、今日は大変な目に遭われたのでしょう。お休みになったほうが良いのでは？」

紳士的にそう言うが、ファニーは頑として頷《うなず》かなかった。

「いいえ！　私は見たのです！　この男が怪しげな悪漢と仲間割れしているところを！　公爵様は騙されているのですわ！」

それは、思い込みが多分に入っている滅茶苦茶な言い分だった。そして、証拠も何もない現状で、アルベロッソ公爵が騙されていると断じるのは、公爵にもグレゴリーにも大分失礼だ。

話が通じません、とアシュリーがダニエルを見ると、彼は遠い目をして黄昏《たそがれ》ていた。どうやらこの話の通じなさにかなり苦戦したらしい。

仕事中にコレが来たならそりゃあ邪魔だっただろうな、とアシュリーはしょっぱい顔になる。

一方、愛するグレゴリーとの間に割り込まれたマデリーンだが、その目は彼女が言葉を発するたびに冷えていく。それも仕方のないことだろう。大切な婚約者が捕り物に行っている間中、怪我でもしてないかとずっと心配していたのだ。そしてようやく帰ってきて、無事な姿を見て安心できた——と思えば、これだ。不機嫌にならないほうがおかしい。

よく見てみれば、グレゴリーはシュンと少し眉尻が下がって困ったような顔をしている。これはもう、一度ガツンと言うべきだろう、とマデリーンが口を開こうとした、その時だった。

「ダニエル様、マシュー・サヴェージ様がいらっしゃいました」

「ああ、やっとか。通してくれ」

ダニエルにそう告げたのは、アルベロッソ家のドアマンだ。彼はファニーの婚約者が到着したことを知らせた。

ドアマンが扉を開けると、茶髪に茶色い瞳の、中肉中背の男が立っていた。彼が、マシュー・サヴェージ子爵令息である。

マシューは玄関ホールの人口密度に目を丸くしつつ、その中に自分の婚約者の姿を見つけて思わず名前を呼んだ。

「ファニー！」

「えっ？　まあ！　マシュー！」

ファニーは危険人物と思っているグレゴリーのことをコロッと忘れ、マシューの元へ駆け寄り、抱き着いた。

「ああ、マシュー、怖かったわ！」

「無事で良かった。心配したんだよ？」

そう言って、ファニーを抱きしめたマシューは、すぐに身を離してアルベロッソ家の面々に向き直る。

「皆様、お久しぶりでございます。このたびはファニーを保護していただき、ありがとうございます」

そう言って、丁寧に頭を下げた。

「特にグレゴリー・ベルクハイツ様にはお骨折りをいただいたようで、ありがとうございました」

「ああ、いや……」

礼を言われ、グレゴリーは複雑そうな顔をする。

それはそうだろう。あれだけ滅茶苦茶なことを言われたのだ。複雑な気持ちにもなる。

そんな感情が顔に出て、それを見たマシューが不思議そうな顔をする。どうやら、彼はファニーのやらかしたことを知らないらしい。

どう説明すべきかな、とダニエルが考えていると、ファニーがまた騒ぎ出した。

「まあ！　何を言っているの、マシュー！　この男は怪しげな破落戸《ごろつき》と通じていて、マデリーン様を騙しているのよ！」

「ファニー!?　なんてことを言うんだ！　今すぐ取り消すんだ！」

マシューが仰天してファニーを叱《しか》りつける。

「グレゴリー・ベルクハイツ殿は、それはもう素晴らしい戦士なんだよ？　それに、ベルクハイツ家の方々は代々情に厚く、愛妻家としても有名なんだ。マデリーン嬢の幸せを考えるなら、これ以上ない良縁だよ！」

彼の婚約者とは正反対の、突然のべた褒《ぼ》めである。アルベロッソ家の面々とグレゴリーは、キョトンと目を瞬《またた》かせた。

「これを言うのはあれなんだけど、シルヴァン・サニエリク殿がマデリーン嬢と復縁を望んでいるらしいんだ」

まさかの情報に、マデリーンはぎょっとした。

「僕はなんて恥ずかしく、恐ろしいことを言う人なんだろうと震えたよ。だって、彼は堂々と浮気をして、堕落《だらく》していったんだから！」

「……そうね。その通りだわ。浮気なんて最低だもの」

ファニーはいつの間にかグレゴリーを睨《にら》むことをやめ、マシューの話を真剣に聞いている。

「だからね、グレゴリー殿がマデリーン嬢の婚約者になったと聞いて、とても安心したんだ。あの愛妻家で有名なベルクハイツ家の子息で、優秀な戦士でもあるグレゴリー殿であれば、マデリーン嬢を守り通すに違いないってね！」

改めてのべた褒《ほ》めに、グレゴリーが視線を泳がせる。ベルクハイツ家が代々愛妻家というのは事実ではあるが、あまりされたことがない表現のため、反応に困るのだ。

「もしかして、ファニーはグレゴリー殿の戦士としての覇気《はき》をただ怖いと感じてしまったんじゃないかい？　ファニーはか弱い女の子だから、きっとそれでグレゴリー殿を怖い人だと誤解してしまったんだよ」

「……そうね。そうかもしれないわ」

マシューの言葉に、ファニーは素直に頷《うなず》いた。その態度に、彼女の猛攻に困らせられていた面々が驚く。

「強靭《きょうじん》な肉体を持つ戦士でありながら、伴侶をとても大切にするベルクハイツ家のグレゴリー殿であれば、マデリーン嬢の幸せは約束されているよ。アルベロッソ公爵様の目は確かさ！　だからファニー。グレゴリー殿や、皆様に謝罪をしないと。とても失礼なことを言ってしまったんだから」

「そうね、そうだわ。私、なんてことを言ってしまったのかしら……」

ファニーは人が変った様に肩を落とし、心底申し訳なさそうに頭を下げた。

「グレゴリー・ベルクハイツ様。礼を失した発言を多くいたしました。心よりお詫び申し上げます」

「ああ……、いえ……」

真摯《しんし》な謝罪に、グレゴリーは戸惑《とまど》いつつもそれを受け取る。

「マデリーン様、貴女《あなた》様と婚約者様の時間をお邪魔し、数々の失礼な発言を深くお詫び申し上げます」

「……謝罪を受け取ります」

暫《しば》しの沈黙の後、マデリーンは渋々謝罪を受け取った。グレゴリーが謝罪を受け入れたのなら、マデリーンが拒否するわけにもいかない。——が、しかし、許すとは言ってないし、許すつもりもない。

「ダニエル様、数々の間違った発言をしてしまいましたことを、深くお詫び申し上げます。アシュリー様、お言葉をいただきましたのに無下に致しました。誠に申し訳ございませんでした」

「はい。謝罪を受け取ります」

「ええと、僕も謝罪を受け取りました」

ダニエルはどこか安堵《あんど》したように、アシュリーは戸惑《とまど》いつつ頷《うなず》いた。

ダニエルはとにかくさっさと帰って欲しかったし、アシュリーはこの人こんなんで大丈夫か？と思っていた。

その後、ダニエルが疲れているだろうからと帰宅を勧め、ファニーは荷物を取りにいくため、その場を離れた。

どこか疲労感の漂《ただよ》う中、口を開いたのはマシューだった。

「皆様、ファニーがご迷惑をおかけしたようで、誠に申し訳ございません」

「いや……」

困ったような顔をするダニエルに、マシューは苦笑いじみた顔をした。

「彼女は正義感の強い女性なのですが、どうにも思い込みが激しいところがあって、なかなか意見を曲げないんです」

「失礼だが、そのようだね。しかし、君の話はよく聞くようだ」

ダニエルのその言葉に、ファニーの思い込みに振り回された面々は頷《うなず》く。

「実は、コツがあるんです」

「コツ？」

「はい。今回の場合ですと、グレゴリー殿を悪人と思い込んでおりましたので、悪人は他にいて、グレゴリー殿はそれからマデリーン嬢をお守りする善人であると明確にしました」

「……ああ、シルヴァンを悪人にしたのだね」

ダニエルは、おや、と目を瞬《またた》かせた。マデリーンはアレならいくらでも貶《おとし》めてくれて良いわ、と頷《うなず》く。

「あとは、私への長年の信頼からですね。私が心から素晴らしいと褒《ほ》め称《たた》えれば、そうかもしれない、と心が揺れるようです」

「なるほど」

「まあ、あの調子ですから、私と結婚した後は、あまり公の場には出ないように手配します。愛情深い女性ですので、子供ができればそちらに意識が向くでしょう」

地味で周囲に埋没しそうなごく普通の外見ながら、なかなかひどいことを言う。その無害そうな外見から侮ると、痛い目を見るタイプの男のようだ。

ただ、ファニーへの対処はそれで正解なのだろう。あれは気軽に外に出せないタイプだ。しかし、そんな面倒な女性であるというのに婚約を解消していないのだから、彼女に対して確かに愛情を持っているのだろう。

マシューと話しているうちに、荷物を持った使用人と共にファニーが戻ってきた。

個性的なカップルは並んで笑顔を浮かべる。

「このたびはご迷惑をおかけしまして、誠に申し訳ございませんでした。後日、ベッセマー子爵家のほうからも謝罪があるかと思います」

「お世話になりましたのに、ご迷惑をおかけして申し訳ありませんでした。後日、改めてお詫びに参ります」

そう頭を下げて、二人は去っていった。


二人が去った後、その場に残された面々に、どっと虚脱感に似た疲れが伸《の》しかかる。

「はぁ……。私は少し部屋で休ませてもらうよ」

「僕もそうする」

アルベロッソ兄弟はそう言って部屋へ戻っていき、その場にはグレゴリーとマデリーンだけになる。

「グレゴリー様はどうなさいますか？」

「そうだな、俺も部屋で休ませてもらおうかな」

グレゴリーの表情には疲労が滲《にじ》んでいた。

マデリーンはそれに頷《うなず》き、途中まで一緒に行くことにした。そして、マデリーンの部屋とグレゴリーが使っている客室への分かれ道で、グレゴリーが不意に口を開いた。

「あの、マデリーン殿……。少し、お願いがあるんだが……」

「はい、なんでしょうか？」

足を止め、グレゴリーと向き合えば、彼は視線を彷徨《さまよ》わせて言った。

「その……、非常識なお願いと分かっているんだ。だから、断ってもらって構わない」

そう言い置いて、グレゴリーは意を決したように彷徨《さまよ》わせていた視線をしっかりとマデリーンに合わせた。

「……抱きしめてもいいだろうか？」

マデリーンの思考が停止した。

目の前の男は、じわじわと顔を赤くしていき、厳《いか》ついと言われるような容姿なのに、やたらと可愛く見えてくる。

あらまあ、可愛い。この方が私の婚約者だなんて、最高ね！

そこまで無意識に考えて、ようやく思考が戻ってくる。

そう。

そうだ。

今、この可愛い人は何を言った？

「っ⁉」

マデリーンの顔が一気に赤くなった。

「そっ、そのっ、だき……っ、えっ⁉」

「あっ、マデリーン殿、すまない、落ち着いてくれ」

混乱し、オロオロしだしたマデリーンをグレゴリーが慌てて宥《なだ》める。

「非常識なことを言った。忘れてく――」

「いいえ！」

グレゴリーが前言撤回をしようとし、マデリーンは勢いよくその言葉を遮《さえぎ》った。

「だ、大丈夫です！　どうぞ！」

あの照れ屋なグレゴリーが、抱きしめていいか、などと……！

そんな貴重な機会をふいにしてたまるか、とばかりに、両手を広げて、さあ、と迎える仕草をする。

悶《もだ》え転がる内心を表に出さぬようにしつつも、どうしようもなく照れてしまって、顔は真っ赤だ。

グレゴリーはマデリーンの勢いに少し驚きつつも、少し照れたように眉尻を下げ、ゆっくりとマデリーンの細い体を抱きしめた。

包み込まれるように抱きしめられ、体格の差を改めて知る。グレゴリーからは、仄かに石鹸《せっけん》の香りがした。

「はぁ……」

グレゴリーの口から、深いため息がこぼれた。

心底疲れたと言わんばかりのそれに、マデリーンは苦笑する。

「お疲れですわね」

「ああ、本当に、参ったよ」

苦笑交じりのそれを聞き、マデリーンは慰《なぐさ》めるように背を軽く叩く。

「なぜかよく行く先々でトラブルが起きて……。まあ、それは慣れているからいいんだ。ただ、あのファニー嬢のように、ただただこちらが悪いと決めつけてくる人間はちょっとな……」

「まあ……」

どうやら、ファニーのような人間と出会ったのは今回が初めてではないらしい。過去を思い出し、疲れが増したかのような声音だった。

ベルクハイツ家の人間は、良くも悪くも目立つ。生存本能がちゃんと働いていれば、喧嘩《けんか》を売るような愚かな真似はしないだろうが、それができない馬鹿者がなぜか一定数存在する。その喧嘩《けんか》の売り方が暴力であれば暴力で返すのだが、ファニーのような令嬢に口でキャンキャン騒がれては、そうもいかない。

そういう場合はベルクハイツの悪魔が乗り出してくるのだが、それまで相手をしなければならない。グレゴリーにとっては、それが何よりも苦痛だった。

おかげで、ファニーとあまり接していないはずなのに、どっと疲れが押し寄せた。苦手なタイプの人間とは、少し話すだけでも疲れるしストレスが溜まる。

「グレゴリー様、今日は本当にお疲れ様でした」

「ああ。マデリーン殿も、待っていてくれて……出迎えてくれてありがとう。戻ってきて、貴女《あなた》の顔を見てほっとしたんだ」

穏やかな声音でそう言いながら、そっと身を離す。

グレゴリーは、珍しく大きく表情筋を動かし、柔らかな笑みを浮かべていた。

ここまで分かりやすい笑みを見たことがなく、マデリーンは驚く。

「仕事を終えて、マデリーン殿が待っている家に帰るのは、きっとこの上なく幸せなことなんだろうな」

どこかうっとりと夢見るような物言いに、マデリーンは再び赤面したのだった。

＊＊＊

グレゴリーの滞在は五泊六日。楽しい時間はあっという間に過ぎ……というか、トラブルに時間を取られ、予定が半分しか消化できなかった。

騒動の翌日。それは、グレゴリーがベルクハイツ領へ帰還する日である。

マデリーンは「あの不届き者がいなければ、もっとお話しできたのに」とメアリーにぼやきながら朝の支度をした。

残念ながらベルクハイツ領の戦士が戦場を長く空ける訳にはいかないので、期間を延ばすことなく予定通りの帰還となる。

朝食は家族と、そこにグレゴリーを加えて和《なご》やかにとった。

食事も終わりに差しかかった頃、ふと思い出したようにダニエルが切り出した。

「そうだ。昨日捕らえた裏組織のことや、裏社会でグレゴリー殿のことがどう伝わるかは追って連絡するよ。領の機密に触れることはちょっと話せないけどね。次に来る時には、トラブルが起きないよう尽力するつもりだから、ぜひまた来てくれ」

「ありがとうございます」

どうやら兄とグレゴリーは仲良くなったらしい。二人の間の空気が、少し気安いものに変わっていた。

朝食の後は慌ただしかった。

使用人達はグレゴリーの荷物を馬車に運び込み、マデリーンは見送りのための準備をする。

支度を済ませ、玄関ホールへ行ってみれば、そこにはなぜかコートを着込んだアシュリーがいた。

飛竜乗り場までついてきて、見送りする気満々の格好だ。

「ちょっと、アシュリー。貴方《あなた》、ついてくるつもりなの？」

「もちろんそうだよ。出迎えに行ったんだから、見送りもしなきゃね」

生意気そうに笑んで言う弟に、マデリーンは不機嫌そうな顔になる。

「貴方《あなた》ねぇ、ちょっとは気を遣いなさいよ」

「えー。いいじゃん、これくらい。僕、今回グレゴリー殿と全然喋《しゃべ》れなかったんだよ？　未来の義兄上ともうちょっと話したいよ」

アシュリーは、グレゴリーが姉の夫となることを、まあいいか、と思える程度には受け入れた。

そして、それ以上にグレゴリー本人に興味を持った。

聞けば、徒党を組んだ破落戸《ごろつき》達をほぼ一人で制圧してしまえるほどの武術の腕前で、うち一人は壁に突き刺さり、ボス達を捕らえる時は家の壁を拳《こぶし》でぶち壊して侵入。そして、ボスはグレゴリーがどうこうする前に失神してしまったというではないか。こんな滅茶苦茶な人は見たことがない。

怖いやら呆れるやらで、もう、一周回って興味深い。

そんなグレゴリーを生み、育んだベルクハイツ家やベルクハイツ領ってどんなところなんだろう、と興味がわく。

「ベルクハイツ領がどんなところなのか気になっちゃってさ。少しで良いから聞きたいんだよね」

「だからってねぇ……。少しは婚約者になかなか会えない姉に気を遣うとかはないの？」

「今日はちょっとないかな！　それに姉上はどーせ次の長期休みはベルクハイツ領に行くつもりでしょ？　その時一緒についていっていいなら、今日は遠慮するけど？」

「アシュリー！」

生意気なことを言う弟に、マデリーンは柳眉を逆立てる。

姉弟の小競り合いが始まりそうになるが、見送りに来た両親が姿を見せたため、二人はピタッと口を噤《つぐ》み、素知らぬ顔をする。

「貴方《あなた》達、騒いでいたようですが、何をしていたの？」

「ちょっとお話ししていただけですわ、お母様」

「そうだよ。姉と弟のちょっとしたじゃれあいさ。大したことはしてないよ」

母親の厳しい視線を前に、シレっとした顔でそう嘯く。流石《さすが》は高位貴族の子。素晴らしい面の皮の厚さだ。

ルアナは目を細めて我が子達を見ていたが、仕方のない子達ね、と言わんばかりに小さく溜息《ためいき》をつき、追及を諦めた。

「グレゴリー殿はまだのようだな。ダニエルは？」

「兄上は、グレゴリー殿が、欲しい魔物素材があるなら融通できないか聞いてみる、って言ってくれたから、その一覧表を急いで作ってる。急だったから走り書きになりそうだ、って嘆いてたね」

「まあ！　もう、そういうものは事前に作っておくものでしょうに……。その様子じゃ、書状も書けないのではなくて？　礼を失するならお気持ちだけ受け取るべきよ」

「でも、グレゴリー殿は確約できないから走り書きでいいって言ってくれてたよ。書状とかもいらないってさ。確認するだけだから」

プリプリ怒るルアナに、アシュリーが肩を竦《すく》める。本人がいいって言ってるんだから、甘えちゃえばいいのに、と言いたげな顔だ。

そんな末っ子の頬をルアナが「お仕置です」とつまんでいると、ダニエルが階段を下りて来た。その後ろにはグレゴリーもいる。

「本当に申し訳ない、グレゴリー殿」

「いえ、俺も急に言って、困らせてしまって申し訳ありません」

グレゴリーの手には一通の薄い書簡があり、それが例の一覧表なのだと察する。

二人は互いに謝りながら玄関ホールへとやってきた。

「すみません、お待たせしました」

「いや、大丈夫だ。それよりも魔物素材の確認をしてもらえると聞いたのだが、本当に良いのだろうか？」

「ご迷惑でしょう？　断っていただいて良いのですよ？」

公爵夫妻にそう言われ、グレゴリーが苦笑する。

「いえ、大丈夫です。実は学園から帰ってきたアレッタがとても張り切っていまして。私がここに来る前の時点で、随分《ずいぶん》な量を狩っていたんです。ものによっては早急に買い手を見つけなければならないものもありますし、それらがこちらの一覧表にあれば融通できます」

一人で狩りすぎて二つの倉庫を魔物素材で埋めてしまったのだと話すグレゴリーに、アルベロッソ家の面々は目を瞬《またた》かせる。流石《さすが》はベルクハイツ家次期当主だ。つよい。

エピローグ

その後、グレゴリーとマデリーン、ついでにアシュリーは馬車に乗り込んだ。残ったアルベロッソ家の面々に見送られ、馬車は飛竜乗り場へと走る。

その道中、馬車の中は賑やかだった。

まずアシュリーがベルクハイツ領のことを聞きたがり、グレゴリーが几帳面に答える。

二人きりになれず、少し拗《す》ねていたマデリーンだったが、グレゴリーの語る内容はマデリーンの知らぬことも多く、最終的には三人で大いに盛り上がった。

馬車はまもなく飛竜乗り場に着き、ゆっくりと止まった。

馬車から降りれば、目の前にあるのは手続きのための建物だ。その奥には広大な敷地と、そこに連れ出される飛竜達の姿が見えた。

「あっ、あれがグレゴリー殿が乗ってきたベルクハイツ領の飛竜でしょ！」

「正解だ。よく分かったな」

それは分かるに決まってる。あんなムッキムキで厳《いか》つい飛竜が他にいてたまるか。アシュリーはちょっと遠い目をした。

馬車の中アシュリーとグレゴリーは仲良くなり、態度が気安くなった。惜しむらくは、その馬車が帰りの馬車であったことだろう。次にアシュリーがグレゴリーと会えるのは、どれだけ先になるか分からない。悪くすると年単位で会えないだろう。

姉の好みはさっぱり理解できなかったが、結構面白い人だった。もったいないことしちゃったな、とアシュリーは残念に思った。

さて、そんなアシュリーだが、流石《さすが》にこれ以上は姉の邪魔をすまいと「ベルクハイツ領の飛竜って顔つきがやっぱり他と違うね。ちょっと近くで見てくるよ」と二人きりの時間を作るべく、その場を離れた。

アシュリーの背を見送り、使用人も手続きをしてくると建物に入っていった。

その場に残ったマデリーンとグレゴリーは、どちらからともなく目を合わせ、苦笑する。

「五泊六日なんて、あっという間でしたわね」

「そうだな。特に後半が忙しかった」

大変だったが、良くも悪くも忘れられない思い出になった。

「次にお会いできるとしたら、夏でしょうか？」

「ああ。夏は『深魔《しんま》の森』が活発になるから領から離れられないが、もし可能であれば、会いに来てくれると嬉しい。……会いにいくと言えないのが、なんだか情けないな」

仕方のないこととはいえ、女性に手間をかけさせるのは気が引けた。しかし、マデリーンは軽やかに笑んでそれを否定する。

「あら、お気になさらないでくださいな。飛竜での旅もなかなか面白いものでしたわ。貴族の子女など、こんなことでもなければ旅行なんてそうそうできないんですもの。楽しませていただきますわ」

そんなマデリーンにグレゴリーも微かに笑み、ふと、何かを思い出したようにポケットに手を突っ込んだ。そして、リボンがかけられたシンプルな小箱を取り出した。

グレゴリーは少し迷う素振りを見せたが、それをマデリーンに差し出した。

「その、これをマデリーン殿に……」

よかったら貰《もら》って欲しい、と言う言葉にハッとしてグレゴリーを見れば、彼は気恥かしそうに視線を泳がせていた。

「うちの領にもなかなか腕の良い職人がいて……。似合いそうだったから……」

ボソボソと付け加えられたその言葉に胸をときめかせながら、そっとその小箱を受け取る。

「……開けても？」

「もちろん」

マデリーンはリボンを解いて、小箱を開けた。

出てきたのは、美しい髪飾りだった。青の輝きが美しい宝石を花びらの形に加工し、台座の上で花として咲かせた、繊細《せんさい》で見事な装飾品である。

マデリーンは思わずうっとりと溜息《ためいき》をつき、グレゴリーを見遣る。

「ありがとうございます。とても素敵ですわ」

「そうか。良かった……」

ほっと安堵《あんど》する様が愛しい。きっと、とても悩んで買ってくれたのだろう。控えめな表情ながら、マデリーンの言葉を聞いた彼は嬉しそうだった。

「マデリーン殿の髪には、この鮮やかな青はよく映えるだろうと思ったんだ」

視線に甘やかなものが混じる。

マデリーンもまた、それに応えるように愛しげに微笑《ほほえ》みをこぼす。

「今度会う時、それを着けてきてくれたら嬉しい」

「ええ。きっと着けていきますわ。……それまで、怪我などなさらないでね」

二人は自然と身を寄せ、ゆっくりと抱きしめ合う。

手の中の髪飾りの感触を確かめ、次の逢瀬《おうせ》の約束を心待ちにしながら、マデリーンは心地よい腕の中でうっとりと目を閉じたのだった。

北からの客人編

プロローグ

血の気のない白い手が、胸の前で交差される。

こけた頬には綿を詰《つ》め、薄っすらと頬紅をはたいて少しでも面差《おもざ》しを昔に近づけて。

服は彼に相応《ふさわ》しい上等なものを着せて。

そうして、彼は丁重に棺の中へ入れられた。

彼は、このルダム聖王国の王太子だった。

子供の頃は体が弱かったが、成長するに従ってその体質は少しずつ改善されてきたはずだった。

しかし、この春彼は風邪をひいた。

それがいけなかった。

体が弱っている時に、運悪く他の病にもかかってしまったのだ。

彼は一月ほどベッドの住人となり、とうとう帰らぬ人となった。

百合《ゆり》の香りが濃い大聖堂で、彼の葬儀は執り行われた。

しんと静まり返った大聖堂に、冥福を祈念する大神官の言葉が響く。

葬儀に参列する貴族達は、その胸に何を思っているのだろうか。少なくとも、純粋にただ悲しんでいる者はいないだろう。

権力者の死は混乱をもたらすものである。

王太子の死により、貴族達は勢力図の更新を余儀なくされた。

彼等は変化する利権を逃さず得るために動かなくてはならず、王太子の死を悼《いた》む仮面の裏で忙しなく情報をかき集める。

皆、既に王太子の死の先のことを考え、彼の死を悼《いた》むのは二の次になってしまっていた。

彼の両親である国王夫妻ですらもそうだ。王には彼以外には子がおらず、彼が死んだことで跡継ぎを選考しなくてはならなくなった。継承権を持つ上位三人は血筋も実力も拮抗《きっこう》しており、継承順位などあってないようなものだった。もし拗《こじ》れれば、血で血を洗う争いが起きるだろうと囁《ささや》かれている。

そんな上位三人のうちの一人であるクリスティアン・ジョーセフ公爵令息は、ちらりと他の参列者に視線をやる。

王太子が死んだことで王位継承権第一位となった、現国王の年の離れた末の弟、ヒューベルト・ルダム王子。彼は磨かれた銀細工のような髪に、冴え冴えとした青い瞳を持つ美男子だ。冷ややかな美貌《びぼう》に相応《ふさわ》しく冷厳な性格は、他者を委縮させると同時に畏怖の念を抱かせる。王族として相応《ふさわ》しいカリスマの持ち主である。

そして、もう一人。

王位継承権第二位のグラハム・ジュール公爵令息。

ジュール公爵家に降嫁した王女の二番目の息子である彼は、クリスティアンより三つ上の十九歳の青年だ。穏やかで争いごとを好まない性格は皆に慕われているが、上に立つには少々覇気《はき》が足りないとも言われていた。能力も秀才の域を出ず、本来であれば王位継承権第二位の座に居座っていられるような人間ではない。それでも王位に近い場所にいられるのは、彼の人材発掘能力が優れているからだ。下位貴族どころか平民からも優秀な人材を見つけてきて相応《ふさわ》しい場所に配置し、その能力を開花させる。グラハムのお陰で能力をいかんなく発揮できると感謝する者は多い。

クリスティアンはそんなライバル達を見つめ、目を細める。

クリスティアンの王位継承権は第三位。他の二人に負けぬよう研鑽《けんさん》を忘れず、人脈を広げて築き上げてきた地位だ。あと一押しあれば、王位に手が届く。

(そう、あと一押し……)

その『あと一押し』を手に入れるため、クリスティアンは動き出す。

王太子の死の水面下で、至高の座を手に入れるための戦いは既に始まっていた。

＊＊＊

ルダム聖王国。

周辺国では最も長く歴史を刻んでいて、女神信仰と勇者信仰が盛んな国でもある。

ルダム聖王国の起こりは、強大な力を持つ一匹の魔物――当時、魔王と呼ばれていた魔物を、女神から力を与えられたという若者が屠《ほふ》ったことから始まった。

魔王と周辺の魔物を若者が倒したことで、当時小国だった国は広大な土地を手に入れて発展を遂げた。そして、勇者と呼ばれるようになった若者と姫を結婚させ、国は国名をルダム王国からルダム聖王国と改名。国教を女神信仰と勇者信仰に定めた。

勇者の血は脈々と王家に受け継がれ、今もなお国民から尊敬を集めている。

「どこかで聞いたような話だな」

超人がとんでもない力を持つ魔物を狩ったなどという伝説は、わりと多いものだ。何より、そんな偉大な祖先を持ち、今でも偉業を更新し続けている一族がいるくらいなのだから。

自国のトンデモ一族を脳裏に思い浮かべて苦笑するのは、ルダム聖王国から南に位置するウィンウッド王国の王太子、レオン・ウィンウッドだ。

現王の年の離れた弟である彼は、本来であれば王太子位に就く予定はなかった。しかし、彼の甥《おい》であり、現王の息子であるアラン王子がとんでもない問題を起こし、王太子位から転げ落ちた。そのため、レオンが王太子の座に就く羽目になったのである。

さて、そんなレオンがなぜルダム聖王国に目を向けているかというと、隣国であるという以上に、他の仕事を差し置いてでも早急に解決すべき厄介事《やっかいごと》が舞い込んできたからだ。

彼が手に持つのは、ベルクハイツ領の次期領主、アレッタ・ベルクハイツの婚約者であるフリオ・ブランドンからの手紙である。

「まったく厄介《やっかい》なことになった」

頭が痛いとでも言いたげに溜息《ためいき》をつき、席を立つ。

「まさか、隣国の王位継承権問題にアレッタ・ベルクハイツが巻き込まれるとは……」

そう呟《つぶや》いて、レオンは行動を開始すべく側近を呼びつけたのだった。

第一章

三月。

それは、植物達が目を覚まし、草木が青葉を天に向かって伸ばしはじめる春の入り口の時期だ。

ベルクハイツ領では春の訪れを喜んで小鳥が歌い、気の早い蝶《ちょう》がひらりと舞う。

まだまだヒヤリと寒い風は吹くが、それでも窓から差し込む日差しは温かい。アレッタは明り取り用の小さな窓から差し込む春の日差しを感じながら、遠い目をする。

（なんで、こんなことになったんだろう……）

そんなことを考えるアレッタの目の前にいるのは、金髪碧眼の美少年である。

「アレッタ嬢、あちらはなんでしょうか？」

「ええと、それは――」

ベルクハイツの魔物素材保管庫で、アレッタはこの美少年――ルダム聖王国の公爵家次男、クリスティアン・ジョーセフに魔物素材の説明を行っていた。

「あと、宝飾品になりそうな素材もみたいのですが……」

「ああ、それなら二階にあります」

こちらです、と案内しようとした時、すっ、とアレッタの前に手が差し出された。

「どうぞ、お手を」

「ど、どうも……」

有無を言わせぬ美少年の微笑《ほほえ》みに、アレッタは頬を引きつらせながらもなんとか笑顔を作って礼を言う。

(ひぃぃぃ……!)

実に紳士的な行動で、浮かべる表情も魅力的なのだが、どうしてかアレッタに苦手意識を抱かせるものだった。

(助けて、フリオぉぉぉ……!)

心の中でそんな悲鳴を上げながら、それでも己《おのれ》の仕事を遂行すべく品物の説明に移った。

＊＊＊

さて、なぜ隣国の公爵令息をアレッタが案内しているのか。事《こと》の起こりを説明するには、少し時間を遡《さかのぼ》らなければならない。

それは、二月の半ば頃の話だった。

ウィンウッド王国の学園は長い冬休みに入っており、アレッタもまた領地に帰郷していた。

ベルクハイツ領において アレッタは、我が領の戦姫とばかりに人気がある。そんなアレッタがいるおかげで、現在ベルクハイツ領は表も裏も大変賑やかである。

そのアレッタの母であり、領主の妻であるオリアナは、執務室で書類の整理をしていた。

使用人から新しく届いた書簡を受け取り、開けて目を通そうとして——遠くから聞こえた破壊音に片眉をピクリと跳ねさせた。

瞬時に頭をよぎるのは、子供達による昨年度の破壊活動の被害総額である。

オリアナはそれを振り払うように頭を振り、ふ、と一つ小さく息を吐いて落ちつきを取り戻す。

そして椅子に深く座り直し、手にしていた書簡に向き直って——眉間に皺《しわ》を寄せる。

「厄介《やっかい》なことになったわ……」

季節の変わり目は忙しい……というか、ただでさえ忙しくない時などないベルクハイツ領である。

問題を持ち込んでほしくないものだ、と眉間に寄った皺《しわ》を揉みほぐす。

「けれど……、これは丁度《ちょうど》いいのかしら」

不意によぎった考えに、オリアナは『ベルクハイツの悪魔』に相応《ふさわ》しい笑みを浮かべる。そして、デスクに置いてあったベルを鳴らし、使用人を呼んだ。

いくつか使用人に指示を出し、再び書簡を目にする。

都合のいい教材となりそうだが、それはそれとして……

「どうしてウチはこう次から次へと問題が飛び込んでくるのかしらね」

ポツリとこぼれた言葉は、『ベルクハイツの悪魔』と呼ばれる女傑のものというより、ただの主婦の愚痴めいていた。

＊＊＊

ベルクハイツ家本邸の夕食の席に一家全員が揃うのは、実は珍しい。

というのも、長男と次男は既に家庭を持っており、別邸に住んでいるからだ。それにそれぞれが仕事を抱えているため、誰かが号令をかけなければなかなか実現しない。

そんな号令をかけたのは、ベルクハイツ家当主夫人たるオリアナだった。

「急に集まってもらってごめんなさいね」

食事の後、オリアナがそう口を開いた。

「いいのよ、オリアナちゃん。たまには孫の顔をちゃんと見たいもの」

先代領主夫人たるポーリーンがおっとりと微笑《ほほえ》んだ。

それにオリアナも微笑《ほほえ》み返し、告げる。

「ありがとうございます、お義母様。……実は、今日書簡が届いたの」

オリアナは、使用人に持ってこさせた書簡をベルクハイツ家当主、アウグストへ渡す。

受け取ったアウグストはそれを読んで顔を顰《しか》め、ただでさえ厳《いか》つい顔をさらに迫力のあるものにした。

「厄介《やっかい》だな」

「そうなの、厄介《やっかい》なのよ」

夫婦だけで分かり合う様子に、ベルクハイツ家の三男坊であるディランが声を上げる。

「父上、母上、いったい何が書いてあるんですか？」

いつもさらっと問題を解決し、その様子をあまり表に出さない母が厄介《やっかい》だと言うのだ。相当な面倒事であることは確実である。

それに兄弟達は顔を見合わせ、末っ子のアレッタとその婚約者であるフリオも何事かとオリアナを見つめた。

そんな視線を受け、オリアナがため息交じりに告げる。

「実はね、ルダム聖王国のクリスティアン・ジョーセフ公爵令息がいらっしゃることになりそうなの」

その言葉にベルクハイツ兄妹のうち四人はぱちりと目を瞬《またた》かせ、ディランとフリオだけが何かを察したのか、苦い顔をした。

「母上、確かかの方は王位継承権第三位でいらっしゃいますよね？」

「ええ、そうね」

ディランの言葉にオリアナは頷《うなず》く。そして、それにフリオが続いた。

「そして、王位継承争いに参加していらっしゃる」

「その通りよ」

そこまで聞くと、アレッタ達にも公爵令息の訪問が不穏なものを孕《はら》んでいる気配が感じ取れた。

「ルダム聖王国は、平民だった勇者を王家に迎えたことから実力主義の気風を持っているわ。王位継承順位が本人の資質次第でひっくり返る可能性が高いの。特に今回、上位三名の実力が拮抗《きっこう》している。ジョーセフ公爵令息はまだ十六歳だけど、内外に優秀であることが知られていて、既に大きな実績をいくつか上げている方よ。それが国内で足場を固めずわざわざ隣国の我が領に来るというのだから、この地に王位継承に関して優位に立てる何かを見つけたのでしょうね」

その言葉に長兄のゲイルと四男のグレゴリーも何かに気づいたらしく、「まさか……」と呟《つぶや》き、わずかな困惑の表情を浮かべた。

周りの人間達が何かを察する中、察せなかったアレッタと次兄のバーナードが顔を見合わせ、首を傾《かし》げた。

そんな二人に、仕方のない子、とばかりにオリアナが少々呆れた顔をする。

「なんじゃ、それは断れんのか」

先代当主のアレクサンダーはポーリーンに難しいでしょうね、と言われて残念そうに肩を落とす。

「こちらにいらっしゃる理由は、魔物素材の買いつけ。場合によっては継続して取引をしたい、とのことです。魔物の氾濫《スタンピード》がしょっちゅう起こることで有名な我が領に、わざわざ来るとおっしゃるんです。お断りできませんわ」

そして、王位継承権を持つ公爵家の子息を町の宿に泊める訳にもいかない。必然的に子爵邸に泊めることになる。

そういえば他国の上位貴族がこの領に来るなんて初めてなのでは、とアレッタは思った。この地の危険度は内外に知れ渡っており、国内の貴族ですら来るのはよっぽどの物好きだ。

それでいくと、その公爵令息はよっぽどの物好きなのか、などとアレッタが考えていると、不意にオリアナと目が合い、条件反射でアレッタは姿勢を正した。母親に叱《しか》られ慣れている子供の仕草であった。

そんなアレッタにオリアナはまったく、と呆れつつも告げる。

「ともかく、公爵令息が来るのはほぼ決定です。各自、注意しておもてなしするように。そして、アレッタ」

「は、はい……！」

「貴女《あなた》は戦士である前に女であることを自覚し、よくよく考えて行動しなさいね」

「え。あ、ハイ。ワカリマシタ……」

自覚って、もうしてるけど、などとは母の絶世の美貌《びぼう》を駆使した迫力の前では言えず、アレッタはただ従順に頷《うなず》いた。

まさかその横で、最愛の婚約者が兄達ですら引くほどのおどろおどろしい気配を醸《かも》し出《だ》しているとは気づきもせず、アレッタは内心で首をかしげていたのだった。

＊＊＊

ここ、ベルクハイツ領の雪解けは早い。

実のところ、その速度は異常である。近隣の領地ではまだまだ雪が残っているのに、まるでぽっかり穴が空いたようにベルクハイツ領だけ先に春が近づいてきているのだ。

「ほんと、『深魔《しんま》の森』って不思議」

三月に入り、外壁の上から見える『深魔《しんま》の森』は白いものを欠片《かけら》も見かけなくなった。二月の半ば頃から溶けはじめた雪は、三月に入る頃にはほとんどなくなってしまっていた。

この地の雪解けの異常な早さは、この『深魔《しんま》の森』が関係していると言われている。学者が言うには魔素の質と量が関係しているらしいが、それ以上の詳しいことはまだ分かっていない。

「ご近所さんは結構雪が残ってるんだもんなぁ。マデリーン様がいるアルベロッソ公爵領は北寄りだし、もっと雪が降るのかなぁ……」

そして、今日来る予定の北からのお客人は、さらに雪深い地に住んでいるのだろうか？

そんな公爵令息、クリスティアン・ジョーセフがベルクハイツ領に到着したのは、その日の夕方のことだった。


やってきたその人は、甘い顔立ちの王子様のような美少年だった。

青い瞳はくりっとしていて大きく、頬のラインは十六歳という年齢の割にまろやかだ。やや幼く見える顔立ちは、年上のお姉様にさぞ可愛がられることだろう。

アレッタはそんな失礼なことを考えながら、ルダム聖王国からの客人を見つめた。

クリスティアン一行を迎えたのは父のアウグストだ。一行はアウグストを見て一瞬びくりと肩を跳ねさせるが、これは外の人間が一度はする仕草なので、見ないふりをする。

アウグストとクリスティアンは友好的に握手し、清楚《せいそ》な美女の皮を被った悪魔がたおやかな微笑《ほほえ》みを浮かべて挨拶《あいさつ》をする。

そんな両親の姿をなんとなしに眺めていると、ふと、クリスティアンと目が合った。そして――彼は少し驚いたような顔をし、ぱっと視線を外し、再びこちらに視線を戻すと、ほんのりと恥ずかしそうに微笑《ほほえ》んだ。

(わあ……)

その姿は、少年特有の初々《ういうい》しさと美貌《びぼう》も相まって、母性を抱く女ならば思わずキュンと胸に来るような仕草だった。

しかし……

(うーん、これは……)

アレッタには、それが芝居に見えた。

出迎えに来ていた侍女達からは、どこかソワッとした気配を感じるので、アレは確かに女性には好ましい――それこそ、アレッタに気があるように思わせるような態度だっただろう。実際、侍女達の好奇を含んだ視線が痛い。そうでしょ、うちのお嬢様は一目惚《ひとめぼ》れしちゃうくらい可愛いでしょ、と身内びいきが爆発している。

そんな公爵令息に、アレッタもぎこちないながらもなんとか笑みを返し、そっと視線を外す。

アレッタは、己《おのれ》の野生の勘が、この男には注意しろと警鐘を鳴らしているのを感じた。

(ちょっと、関わり合いになりたくないかも……)

そんなことを思ったのは、これから起きる問題の虫の知らせだったのか。この時アレッタは、己《おのれ》に降りかかる面倒事に、気づけずにいたのだった。

＊＊＊

ふわふわと触り心地の良さそうな蜂蜜《はちみつ》色の髪が、持ち主が動くたびにふわりと揺れる。侍女はそれに思わず目を奪われた。

しかし「いけない、仕事中だわ」と気を取り直して侍従に混じって荷物を運ぶ。

けれども、つい目が行く。なにせ、こんな綺麗な少年を彼女は見たことがなかったのだ。

(綺麗な方ならディラン様だってそうだけど、趣《おもむき》が真逆なのよね)

それに、この少年は自分達の自慢のアレッタお嬢様に気があるようなのだ。

(分かるわ。あんなに可愛らしいのに、とってもお強くて、私達領民をとても大事にしてくださるお嬢様だもの。惚《ほ》れずにはいられないわよね)

戦士の時の顔とのあのギャップがたまらないのよ、そう思いながら荷物を指示された通りに置いていく。ちなみに侍女がアレッタの貞操の危険を考えないのは、アレッタが危機を感じた瞬間に、相手の死が確定しているからである。

(でも、アレッタ様にはフリオ様がおられるし、お気の毒よね。何にせよ、心を込めてお世話しましょう)

そんなことを考えていた侍女は気づかなかった。彼女の様子をクリスティアンが目の端に捉え、何事か企むかのように薄っすらと笑んでいたことなど。

人の善意を利用する。それは企みごとをする人間にとって、ごく当たり前の行動だった。

＊＊＊

出迎えた時にアレッタがクリスティアンに抱いた印象は、胡散臭《うさんくさ》い苦手なタイプ、だった。そして、歓迎のために開いた晩餐《ばんさん》では、そつのない人物だと感じた。

「なるほど、ベルクハイツ領ではそのように運営しているのですね」

「ええ。この地は魔物が多いのでそうせざるを得ない、という面も大きいですが、皆の協力があって上手《うま》く回っております」

年齢に似合わず巧みな社交能力があり、あの父の言葉数が心持ち多い。そして何より、世紀末覇《は》者《しゃ》めいた覇気《はき》を常時まとっているような父と初対面で冷静に——むしろ楽しそうに食卓を囲んでいられるのがすごい。それができる時点で只者《ただもの》ではない。

(王位に近いって、こういうことなのかな?)

脳筋教育一直線だったアレッタは会話を聞いてそんなことを思った。会話を聞きながら静かに食事をしていると、不意にクリスティアンと目が合った。

ギクリと肩を跳ねさせると、彼は柔らかく微笑《ほほえ》んだ。

「そういえば、アレッタ嬢はベルクハイツ家の跡取りとお聞きしました。我が国では女性に継承権がないので驚きました」

アレッタはそれに「そ、そうですか……」と思わず視線を泳がせた。なぜこちらに話しかけてくるんだ、という思いが透《す》けて見える。そんなアレッタの様子を見て、ディランが、あちゃーと言いたげに苦笑いしているのが視界の端に見えた。

そんなアレッタの様子を気遣って気づかないふりをしたのか、それとも会話を重視したのか、クリスティアンは言葉を続けた。

「ウィンウッド王国では女性にも継承権があるようですが、それでも男性優位。ですがベルクハイツだけは違うのですね。とても先進的なお考えかと思います」

クリスティアンは心から素晴らしい考えだと思っているような顔で言うが、不思議とその言葉にプラスの感情は持たなかった。

だが、周りに控える使用人はどこか嬉しげな気配を醸《かも》し出《だ》している。彼の態度から、心からの褒《ほ》め言葉に聞こえたようだ。しかし、アレッタや他のベルクハイツの者が特に心を揺らすようなことはなかった。

(あれって、多分そう思ってないわね。女性蔑視とまではいかないけど、侮ってはいそう。女性が権力を持つのは歓迎してないのかな?)

なんとなく、そう思った。確証も何もないが、ベルクハイツの野生の勘と母の頭の良さを受け継いだディランが欠片《かけら》も警戒を解かないので、大きく外れてはいないはずだ。

その後はアレッタがボロを出す前に母がクリスティアンに話しかけ、和《なご》やかに晩餐《ばんさん》は終了した。

ほっとするアレッタの隣で、穏やかな微笑《ほほえ》みの仮面をかぶったフリオが、最後にチラリと冷ややかな視線をクリスティアンに向けた。しかし、クリスティアンがそれに気づくことはなかった。

第二章

その日、アレッタは疲れていた。

クリスティアンが来た日から、一週間の時が流れた。そして故意か偶然か、クリスティアンによくばったり遭遇し、絡まれるようになったのだ。

「アレッタ嬢」

「あっ、クリスティアン様……」

嬉しそうな顔をして近づいてくるクリスティアンに、アレッタは逃げ腰になる。

現在アレッタ達がいるのは、ベルクハイツ領で採れた魔物素材の保管庫だ。普通、ベルクハイツを訪れた貴族はこうした保管庫などには来ず、管理している担当者に素材を運ばせるものだ。しかし、これほどまでに様々な魔物素材が揃う場所は珍しいので、保管庫に見学に来る者もたまにいる。

クリスティアンもそうした者達の一人だったようで、護衛の騎士と共に担当者に案内されて、魔物素材の説明を受けていた。

「アレッタ嬢はお仕事ですか？」

「えっと、はい。先日あった魔物の氾濫《スタンピード》で狩った素材の確認作業です」

自分と仲間を守りながら戦うことに余裕が持てるようになると、いかに魔物素材を傷《いた》めずに狩れるかという方向へ訓練内容がシフトチェンジするのだ。アレッタも自分の部隊を持つ立場である。時間がある時は自分や部下の狩ったものがどの程度のランクになったかチェックし、訓練内容を考えるようにしている。

そうしたことから確認に来ていたのだが、クリスティアンとばったり出会い、呼び止められてしまったのだ。

「そうだ、アレッタ嬢。今、お時間はありますか？」

「え？」

「もしよろしければ、こちらに素材として置かれている魔物のお話をお聞きしたいのですが」

クリスティアンに期待を込めた輝く瞳で見られ、アレッタはたじろいだ。実のところ、こういう要望は珍しくないのだ。実際に魔物を狩る人間から魔物の話を聞きながら、素材の説明を受けたいと願う人間がそれなりにいる。まあ、魔物素材を求める人間の全体数からみると珍しいが、この保管庫にわざわざ見学に来るような人間である。そうしたことを求めるのはある意味当たり前とも言えた。

それでもベルクハイツ家の人間にそうしたことを頼めるのはごく一握りの者だが、残念ながらクリスティアンはそのごく一握りの人間のうちに入っていた。

「ええと、私で良ければ……」

「わあ、嬉しいです。ありがとうございます！」

淡く頬を染めて笑みを浮かべるその様子は、初恋の少女に対する初心《うぶ》な少年のようだった。

クリスティアンを案内してきた担当者の視線がどこか生暖かい。

「何かご希望はございますか？」

「では、あちらの素材から――」

アレッタは客の接待という義務を果たすべく、愛想笑いを浮かべながらクリスティアンと護衛騎士達を引きつれ、保管庫を案内して回った。

不意にクリスティアンが言う。

「それにしても、アレッタ嬢も大変ですね。女性の身で戦場に立たなくてはならないなんて……」

「え？」

同情するようにかけられた言葉に、アレッタは目を瞬《またた》かせる。

「貴女《あなた》のような可憐な方には、もっと穏やかな生活が似合います」

クリスティアンが熱っぽい顔で告げる。

「美しい花に、レースをたっぷり使ったドレス、宝石だって……。貴女《あなた》には、きっとそういうものが相応《ふさわ》しい」

僕ならそういう生活を――と、そこまで言って、クリスティアンはどこか切なそうな視線を向ける。

きっと、普通の令嬢であれば胸を高鳴らせるようなシチュエーションだっただろう。しかし、アレッタの胸は平素通りの鼓動を刻み、困った様な笑みを返すだけだった。

＊＊＊

あちこちで緑が芽吹きはじめたとはいえ、吹く風は冷たく、人々は身を竦《すく》ませる。

しかしながら、ベルクハイツ領の戦士達はそんなものをものともせず、日々訓練に励んでいた。

そんな元気溌溂《はつらつ》どころか爆発しているベルクハイツ領の戦士達だが、彼等も適度な休息を必要としている。アレッタが率《ひき》いる『漢女部隊《ヲトメぶたい》』もまたそうであった。

アレッタは訓練後の反省会という名のお茶会で、盛大な溜息《ためいき》をついてテーブルに突っ伏した。

「ああ〜、ホント、疲れた……」

「あら、アレッタ様。どうしたの？　大丈夫？」

小首をかしげてそう尋ねるのは、副隊長のセルジア・ウォーレンだ。

少し心配そうに尋ねるセルジアだったが、顔を上げたアレッタの、眉を八の字にした情けない顔を見て、思わず吹き出す。

なんで笑うのー、と今度は拗《す》ねだしたアレッタに、『漢女部隊《ヲトメぶたい》』の隊長のデリス・モンバートンが苦笑しながら口を開いた。

「もしかして、北からのお客様ですか？」

「えっ。アレッタ様、まさか何かされたのですか？」

セルジアの言葉に、アレッタは、いいえ、と首を横に振る。

「それこそまさかよ。何もされてないわ。そうじゃなくて、行く先々で鉢合わせしちゃって、絡まれるのよね」

「絡まれる、のですか？」

デリスとセルジアは瞳をパチパチと瞬《またた》かせ、顔を見合わせた。

「絡まれると言っても、別に難癖付けられるとかじゃないのよ？　折角顔を合わせたのだから、ちょっとお話ししませんか、とかいうやつね」

元々よく声をかけられたりしていたが、あの素材保管庫を案内した時から頻度がさらに増したのだ。

「ああ、そういう……」

それを聞いて二人は納得したように頷《うなず》き、セルジアが面白そうな顔をした。

「そういえば、公爵令息様がアレッタ様に一目《ひとめ》惚《ぼ》れしたとか聞いたわねぇ。ねえ、どうなんですか？」

オトメは恋バナが好物である。アレッタにはフリオという婚約者がいるが、それはそれ、これはこれだ。自慢のお嬢様がモテているのはちょっと嬉しくなる。そうでしょ、うちのお嬢様は素敵でしょ、と胸を張りたくなるのだ。

しかし、アレッタはそんなセルジアに苦い顔をして首を横に振った。

「いいえ、あの方は私のことなんて好きじゃないと思うわ。あれは演技よ」

そう言い切るアレッタに、デリスとセルジアは驚く。

「本当ですか、アレッタ様」

「確証はないけどね。なんとなく、勘なんだけど……」

確かに見かけはさもアレッタに恋心を抱いているようだった。それも恋に戸惑《とまど》い、けれども精いっぱいアピールしている『手を貸したくなる可愛い男の子の初恋』といった、一般的に好印象を抱かれやすい態度である。実際、アレッタに話しかける彼を使用人達が邪魔するようなことはしなかった。なかにはクリスティアンの思惑に気づいた者もいたかもしれないが、アレッタがベルクハイツを捨てるはずがないという確信と、腕っぷしに対する信頼、そしてフリオを愛していることを知っているため、さほど危機感を抱いていなかった。普通の令嬢であればそれとなく邪魔が入ったことだろう。

大多数の使用人を騙しきったクリスティアンのそれを、なぜアレッタが演技だと看破したかというと、フリオがアレッタに向ける熱を知っているからである。あの熱を知ってしまえば、クリスティアンがアレッタに向けるものが偽物であると分かってしまうのだ。

アレッタにはクリスティアンがなぜそんなことをするのか分からなかった。しかし藪《やぶ》をつついて蛇《へび》を出すような真似はしたくない。そのため当《あ》たり障《さわ》りのない対応を心掛けているのだが、結果は芳《かんば》しくなかった。

アレッタの言葉を聞いて、デリスとセルジアは再び顔を見合わせた。勘は勘でも、ベルクハイツの勘である。無視できない言葉だった。

先程とは一転して険しい顔になったセルジアが、他国の貴族に詳しいだろう人間を呼ぶ。

「アラン、ちょっと来て！」

その声に振り返ったのは、他のグループと共にお茶を楽しんでいた元王太子のアラン王子である。

アランは首を傾《かし》げながら、何かな？　と優雅な足取りでこちらに近づいてきた。

そんなアランに席を勧め、デリスが真剣な面持ちで尋ねる。

「聞きたいのだけど、貴方《あなた》、ルダム聖王国について詳しいかしら？」

「はい？　ええ、もちろん」

アランは少し不思議そうな顔をしたものの、アレッタの疲れたような表情を見て何かを察したのか、質問に頷《うなず》いた。

「もしや、クリスティアン殿のことでしょうか？」

その通りだと答えると、彼はやはりそうか、と話し出す。

「もちろん彼のことも知っていますが、私に情報が回ってきていたのは自分が王太子だった時までです。廃嫡《はいちゃく》されてからはあまり詳しくないのですが……」

そして情報を整理するために暫《しば》し黙考し、再び口を開いた。

「そうですね。クリスティアン・ジョーセフ殿は内外にもできの良い子息として評判がいい。なにせ、ルダム聖王国の国王には息子が一人しかおらず、その息子は病弱。公爵令息の彼のもとにいつ王位が転がり込んでくるか分からない状況だった。そのため、彼の教育には力が入れられていたでしょう」

クリスティアンの父親は国王のすぐ下の弟であり、クリスティアン自身は国王の甥《おい》。父親は公爵家に婿養子《むこようし》に入った時点で王位継承権を放棄しており、兄も公爵家を継ぐため早々に継承権を放棄している。そのため、クリスティアンは王位継承権三位の座にいるのだ。

「野心があるなら、自分を磨いておいて損のない状況ですからね。実際、ルダム聖王国の王太子殿下はお亡くなりになられた。彼の方が健在の頃から現在の上位三人は水面下で睨《にら》み合っていましたから、ウィンウッド王国も注視していましたよ。なにせ、継承権第一位のヒューベルト殿下とクリスティアン殿は好戦的な性格だ。彼等が王になると国交が不安になりますから」

そう言葉を切ったアランに、アレッタは驚いて目を瞬《またた》かせた。

「え、ちょっと待って。クリスティアン様は好戦的な性格なの？」

「そうですよ。まあ、好戦的というより、野心家なのかな？　立《た》ち塞《ふさ》がる敵は容赦なく叩き潰すような性格ですね」

既に二家ほど潰されたらしいと言われ、アレッタ達は唖然《あぜん》とする。

「うっそ……。うわぁ……、私、すごい猫被られてた」

「ううん、そうねぇ。聞いていた印象とまったく違うわ」

アレッタとセルジアがなんとも言えない顔をし、デリスは難しい顔をする。

「迂闊《うかつ》だったわ。そんな人間とは思ってもみなかった。もっと国外のことにも興味を持つべきだったわ」

「いや、デリス隊長達は仕方ないと思いますよ。貴女《あなた》方の仕事はこの地の守護です。国外に目を向け、対応するのは外交官などの職に就いている者でしょう。それに、国外の者だってこのベルクハイツに手を出そうだなんてそうそう思いません。領地はベルクハイツの人間がいなければ平穏が保てず、ベルクハイツに何かあればウィンウッド王国ならず近隣諸国にも影響がある。手を出すのは利益をかすめ取ろうとする小悪党くらいです」

そう言いながら、不意にアランは首を傾《かし》げる。

「そういう情報はアレッタ嬢に回ってないのですか？　ベルクハイツの頭脳陣であれば当然知っている情報だと思うのですが……」

そういえば、とアレッタ達は顔を見合わせる。

「どうしてかしら？」

「油断できない相手というなら知っておきたいわよね」

セルジアとアレッタは首を傾《かし》げ合うが、デリスは考え込みながら呟《つぶや》く。

「……いえ、確かに知っていたほうがいい情報だけど、問題はそこじゃないわ」

その言葉に、視線がデリスに集まる。

「そういう人物が、アレッタ様に粉をかけているという現状が問題よ。王位を狙う頭のいいお坊ちゃんがわざわざこの地に来て熱心にしていることが、『恋愛』。つまり、王位に就くにはアレッタ様を伴侶にするのが有効だと思っているんじゃないかしら」

それを聞いてアレッタは目を丸くし、ふと、オリアナに言われたことを思い出す。

――『貴女《あなた》は戦士である前に女であることを自覚し、よくよく考えて行動しなさいね』

あの日の忠告。それは、まさにこのことを言っていたのではないか。

アレッタは青褪《あおざ》め、席を立った。

「フリオフリオフリオー！」

「うわぁ⁉　なんだ⁉」

バッターン！　と派手な音を立てて開かれた扉から、弾丸のようにアレッタが飛び込んできて、フリオは思わず悲鳴を上げた。

そして勢いのまま飛びつかれながらも椅子から転げ落ちなかったのは、一応騎士として長年鍛《きた》えていた筋肉のおかげだった。

「あれ！　お母様が言ってた『戦士である前に女であることを自覚して』ってやつ！　お客様が来るって報告の時のあれ！」

「ああー……、あれな。お前狙いのお客人が来る、っていう忠告な」

動揺も顕わにフリオに縋《すが》りついてくるアレッタに、フリオは目を白黒させながらも該当するものを思い出す。それを指摘すると、アレッタは見事に固まった。

「アレッタ？」

「フ、フリオ、その……、気づいてたの？」

「まあな」

苦笑して頷《うなず》く婚約者に、アレッタは唖然《あぜん》とする。

「まあ、あのお客人の背景を考えれば自ずと何が目的か分かるってもんだ。アレッタを使って勇者の再来を狙ってるんだろうよ」

「勇者の再来……」

フリオが語るところによると、ルダム聖王国には『深魔《しんま》の森』ほど常識外れではないが、魔物被害がそれなりに大きい地があるらしい。そこには上級を超える恐ろしい魔物がボスとして君臨しているのだとか。

「そこをアレッタを使って開放して、魔王討伐、勇者の再来を意識させる。あそこは勇者信仰があるからな。勇者を伴侶にすれば、黙っていても王位が転がり込んでくるだろう」

フリオの推測を聞いて、アレッタは嫌そうな顔をした。

「それ、私に何一つ利益がないんだけど。あの人、私がそれに協力すると思ってるのかしら？」

「そこはあれだな。自分のツラに自信があるんだろ。あと、王妃の座だな。権力に取りつかれてる奴は、相手にもそれが魅力的に映るもんだと思ってる」

これっぽっちも興味がありませんが、という顔をしているアレッタにフリオは苦笑する。

「まあ、そこは人生経験が足りてないよな。望めば得られる、努力すれば実を結ぶと信じていそうだ」

「ああー、恵まれたスペックを持つ人だとそう考えてそう」

世の中、努力すれどどうにもならないことなどよくあることだ。しかし、クリスティアンは容姿、才能、家柄と色々と恵まれすぎている。そのため、彼は努力して得られなかったものがなかったのではないだろうか。

「私のこともそう思ってたり？」

「まあな。汗臭く血生臭い場所に押し込められてる年頃の娘なら、王妃なんて煌《きら》びやかな未来を提示すれば自分に靡《なび》くとでも思ってるんじゃないか？」

馬鹿にしたようにフリオが鼻で嗤《わら》うのを見て、アレッタは言う。

「あり得ないわね！」

「ああ、あり得ないな」

そんなもので釣られる程度の覚悟で、この地の次期領主になろうだなんて思えるはずがないのだ。

この地の平和は、戦士の流す血で成り立っている。それを生まれた時から見続け、我らの希望よ、誇りよと、傷だらけの手で時には命をかけて守られ、育てられてきたのだ。それに応えないという選択肢はなく、それ以上に応えたいと思い、応えられる力がある幸運に感謝して生きてきたのだ。

アレッタはどれだけ血を流そうと、己《おのれ》のすべてをかけてこの地を守り通す覚悟をとっくに決めていた。

「甘く見ないで欲しいわ」

「ああ、そうだな」

フリオは苛烈な覚悟を胸に抱く愛しい婚約者をうっとりと見つめ、微笑《ほほえ》む。フリオはそんな彼女に惚《ほ》れたのだ。甘いお菓子とレースのドレスを好みながら、それでも切れ味の良い剣を持ち、武骨な鎧《よろい》を着て戦場で仲間と共に踊ることを誇りとする彼女に。

アレッタは決して、煌《きら》びやかな世界などという甘い夢に溺れるような女ではない。

フリオは、小さいけれども武人として鍛《きた》え上げられた体を、繊細《せんさい》な宝物を扱うかのようにそっと抱きしめた。

さて、しかし。

それはそれとして。

「気づくのが遅すぎやしないかしら。ねえ、アレッタ？」

「ハイ、スミマセン、お母様」

フリオに突撃した後、それはそれとして、とアレッタは母の元へ連行された。やはり今回のことは、母の特別授業だったらしい。

「貴女《あなた》はベルクハイツの戦士だから馬鹿な男が寄ってくるようなことは滅多にないけど、皆無ではないのよ。戦士としての教育を優先してきたから淑女教育は最低限しかできなかったけれど、今回のハニートラップくらいは早々に気づいてほしかったわね」

クリスティアンは見事な演技力で周りを騙していたが、アレッタの勘は騙せなかった。騙されなかったのは見事ではあるが、そこから『なぜ』と深く考えず、思考を中途半端に停止させたのは問題がある。

「分からないならもっと早く周りに相談しなさい。自分で気づくのが一番理想的ではあるけど、分からないままにするのが一番まずいの。対処が遅れる怖さは貴女《あなた》も知っているでしょう？」

その言葉にはアレッタも反省する。戦場で報告・連絡・相談の怠慢《たいまん》は死に直結するのだ。

「しかし、もうちょっと手を回しても良かったんじゃないですか？　クリスティアン殿がなんだか調子づいているように思えるんですが」

　愛する婚約者にアプローチされ、フリオは表に出さないものの、内心ギリギリと歯ぎしりしていた。そんなフリオの内心を見透《みす》かしたように、オリアナはクスリと笑った。

「あら、ごめんなさいね。けど、アレッタは言葉で教えるより実地のほうが呑み込みが良いから」

　脳筋に相応《ふさわ》しい教育方法である。アレッタは納得したが、フリオは口を尖《とが》らせた。まあ、気持ちは分からないでもないと思いながらオリアナは言葉を続ける。

「それに親の目の届くところでわざわざ仕掛けてくるなんて、教材にしてくださいと言っているようなものでしょう。それなら徹底的に利用しないと。ここでならどうとでもできるもの」

　どうとでもできるというのは、うっかりアレッタが拳《こぶし》を振り抜くようなこと（確定死）があっても綺麗に隠蔽《いんぺい》してみせる、ということである。闇が広がる問題発言だ。

「もう知っているでしょうけど、あのお坊ちゃんの目的は、アレッタを妻に迎えて勇者信仰を利用して次代の王になることよ」

　その言葉にフリオは表に出していた拗《す》ねた態度を仕舞い、姿勢を正す。

「気の長い話ですね。アレッタと万が一婚約できたとして、アレッタに例の魔物を討伐させるまでかなり時間がかかりそうですが」

「そうよね。普通、それまでに王太子の座は埋まりそうなものなのに」

　アレッタもまたフリオの言葉に頷《うなず》く。

　しかし、オリアナは「時間なんてどうとでもできるわ」と肩を竦《すく》めた。

「現在、王太子位は睨《にら》み合う三人によって宙に浮いている状態よ。あの膠着《こうちゃく》状態は誰かが決定的な勝利を掴む一手を打たない限り崩せないわ」

そうでなければ内乱が勃発《ぼっぱつ》するでしょうね、と言うオリアナに、アレッタはそこまでルダム聖王国は政治的な緊張状態にあるのかと驚いた。

「そんな状態の国から出てここに来るのって、かなりリスクのある選択よね？」

「まあ、そうだな。だからこそ、アレッタとの婚約はしくじれない。まったく、アレッタの婚約者である俺をなんだと思ってるんだろうな」

随分舐《ずいぶんな》められたもんだ、と真っ黒な笑顔を浮かべるフリオにアレッタは苦笑いする。

「けどそれなら、簡単にはお帰り願えないいんじゃないの？」

それだけリスクのあることをしたのだ。成果を得ようとギリギリまで粘るだろう。アレッタがそう指摘すると、ベルクハイツの二人の悪魔はニヤリと笑った。

「それなら心配いらないわ。そうでしょう、フリオ殿」

「はい、もちろんです」

そう言ってフリオが懐《ふところ》から取り出したのは、一通の手紙だった。首を傾《かし》げながらその差出人を見て目を見開く。

「フリオ、これ――」

驚くアレッタを、フリオはただ笑顔で見つめ返した。

その封筒の差出人の名は、レオン・ウィンウッド――この国の王太子の名が書かれていた。

第三章

「なぜこうも上手《うま》くいかない」

庇護欲をかき立てるような愛らしさを持つ美貌《びぼう》の少年が舌打ちする。

少年——クリスティアン・ジョーセフは、計画通りに行かない現状に苛立《いらだ》っていた。

彼の従者達もまた、まさかこうも手こずるとは思ってもおらず、弱り切って顔を見合わせている。

クリスティアンが生まれたのはルダム聖王国という国だった。女神信仰と勇者信仰が国教であり、王家は勇者の血を引く者として尊ばれていた。

そんなルダム聖王国のジョーセフ公爵家の次男として生をうけたクリスティアンの前には、生まれた時から将来に向けてのレールが敷かれていた。

クリスティアンは、王になることを望まれていた。

もちろん、既に正統なる王位継承者はいた。しかし、その病弱さから成人できるか分からないと言われており、クリスティアンは王位を目指せるだけの地位にいた。

現王の弟であるクリスティアンの父は野心家であった。しかし、兄である現王に敵わず、力を削がれ、ジョーセフ公爵家に婿入《むこい》りしたのだ。

しかし、己《おのれ》の息子が王位に就ける可能性が出てきた。ゆえに、クリスティアンは父の期待を背負わされ、ライバル達と熾烈な争いを勝ち抜き、王位継承権第三位の座を不動のものとしたのだ。

しかし、世間ではトップスリーに差はないと言われているが、それでも第三位だ。もしこのまま膠着《こうちゃく》状態が続けば、いずれは継承権第一位のヒューベルト王子が王太子の座に就いてしまう。そうなる前に、クリスティアンは会心の一手を打たなくてはならないのだ。

「だからわざわざこのような地にまで来たというのに……！」

ルダム聖王国のベルクハイツを知る者の間では、彼等の先祖は勇者の血統ではないかとまことしやかに噂されている。なにせ、ベルクハイツの祖先はふらりと現れた傭兵が始まりであり、その正確な出自は分かっていない。それゆえに、勇者の血族がウィンウッド王国に流れつき、その地に根を下ろしたのではないかという憶測が水面下に広がっていた。

勇者信仰を掲《かか》げる教会もまたそれを気にしており、もしアレッタを伴侶に迎えられれば、教会のバックアップが得られるようになるだろう。そうして彼女が勇者の再来さながらの成果を上げれば、必ず王位を得られる。

しかし、その計画はまったく上手《うま》くいかなかった。

クリスティアンは女に不自由したことがない。クリスティアンが気があるようなそぶりを見せれば、女達は簡単にクリスティアンに靡《なび》いた。それこそ、恋人や婚約者がいようとも、彼女達はクリスティアンを選んだ。

（なのに、まさかあんな地味な女にここまで手こずるとは……！）

アレッタ・ベルクハイツは、ただの地味な普通の令嬢に見えた。しかし、入念な調べにより、それが見せかけでしかないことは知っていた。元よりその気はなかったが、力ずくで既成事実を作ることは絶対に無理だと判断される程度には、とんでもない令嬢なのだ。

（薬を使うのも無理だ。親族に血祭りにあげられる）

よって、アレッタの意思でクリスティアンを望むようにしなければならないのだ。

（まさか、今に満足しているとでもいうのか？　女が、暴力の世界にいるのを望むと？）

クリスティアンには到底理解できない思考だ。

その予想は半分当たりで半分外れだ。アレッタはこの生活に満足しているが、暴力の世界を選んだのではなく、ベルクハイツの地に生きる人々を選んだのだ。

そうとは知らないクリスティアンは、理解できないと頭を振る。

（しかし、ここで引くわけにはいかない。どうにかしないと……）

だが、計画はあくまで計画である。予定通りにいくものではなく、特にこの地では容易《たやす》く崩れるものであった。

――カンカンカンカンカン！

クリスティアンの思考を、乱暴に鳴らされる鐘の音が遮《さえぎ》った。

「何事だ⁉」

明らかに警報じみたそれに、クリスティアンは驚き、椅子を蹴倒《けたお》して立ち上がった。従者が事態を把握するために部屋を出ていき、数分もかからず戻ってきた。

「どうやら魔物の氾濫《スタンピード》のようです」

青ざめ、震える声でなされた報告に、クリスティアンもまた身を固くしたのだった。

＊＊＊

「こんにゃろー！」

少女の高い声が戦場に響くと共に、恐ろしく重い音を立てて魔物が吹き飛ばされる。

「アレッタ様、荒れてるわねぇ」

「ストレスが溜まってるのよ。無理もないわ」

声の正体は、アレッタだった。

早馬で魔物の氾濫《スタンピード》の兆候を知らされると、戦士達は即座に招集され、戦場へ走った。

その戦場でアレッタはまるで八つ当たりするかの如《ごと》く、魔物を勢いよく打ち上げていた。

そんなアレッタを目の端に捉えながら、デリスが苦笑する。

「まさかね。隣国の公爵家のお坊ちゃんがわざわざこんなところまでやってきて、ベルクハイツの次期領主を引っかけようとするだなんて思ってもみなかったわ」

「そうよねぇ。それにしても、あれが演技だなんてちっとも気づかなかったわ。てっきり一目惚《ひとめぼ》れしたんだと思っていたもの」

そんな話をしながら、セルジアが鞭《むち》で狼の魔物を絡めとり、それを振って他の魔物を巻き込んで薙《な》ぎ倒《たお》す。

「まあ、アレッタ様がベルクハイツを捨てるなんてあり得ないのだから、あのお坊ちゃんにはお帰りいただくしかないわけだけど……」

「ええ。けど、まだ時間がかかりそうねぇ……」

四月からまた学園が始まる。クリスティアンはそれまでに決着をつけたいだろうが、絶対に無理だろう。そうなった場合、まさかあのお坊ちゃんは留学でもするつもりだろうか？

「ま、フリオ様がどうにかするでしょ」

軽い調子でセルジアが言う。

「そうね。それにオリアナ様もいらっしゃるし」

デリスもそれに頷《うなず》き、その剛腕でミノタウロスの顎《あご》を砕きながら明るく言う。

「目に余るようなことにはならないわ」

「ええ、その前に片づけられるに違いないわ！」

漢女《ヲトメ》達はベルクハイツの悪魔達への信頼から、安心したように笑みを浮かべ、魔物を高く打ち上げた。


さて、そんな漢女《ヲトメ》達とは違い、ちっとも安心できないのがアレッタである。

母達からはクリスティアンにお帰りいただくために既に動き出していると教えてもらったが、流石《さすが》にすぐ帰ってもらえるわけではない。ゆえに、アレッタには現状維持の指示が出された。

つまり、思惑に気づいていると悟らせずにクリスティアンから逃げ回れということだ。淑女の仮面すら被りきれていないアレッタには難しいミッションである。

(なんで他国の権力争いに巻き込まれなきゃいけないわけ!?)

アレッタの不満は至極ごもっともなのだが、むしろ他国だからこそ巻き込みにきたのだろう、というのがフリオとオリアナの見解である。自国であればベルクハイツ家の異常性と必要性を知ることになるので、ベルクハイツ家の人間をこの地から離そうとは考えない。ちょっかいを出されたとしても、戦力の引き抜きではなく、政治的な力を削ろうとする工作くらいのものである。

「さっさと巣に帰れーー!」

それは果たして魔物に言っているのか、それともクリスティアンに言っているのか。アレッタの八つ当たりに隊員達は苦笑し、魔物を屠《ほふ》る。

しばらくして、隊員達の動きが鈍りはじめたことに気づいたアレッタは、そろそろ交代の時間かと視線を砦《とりで》にやる。すると、ちょうど砦《とりで》から交代部隊が走ってくるのが見えた。

「第十六部隊、交代の時間だ! 徐々に後退し、第十二部隊と交代するぞ!」

アレッタの指示に漢女《ヲトメ》部隊の面々は了承の返事を返し、ゆっくりと後退していく。

魔物の氾濫《スタンピード》は、鎮圧するまで半日ほどかかる。冬のように魔物の数が少なければ数時間で済むのだが、そういうことはあまりないのだ。屈強な体を持つ戦士達も、ずっと戦っていられるわけではない。そのため、交代で戦うのが常道であった。

交代の部隊と入れ替わるための余裕を作ろうと、魔物の数を大きく減らすべくアレッタは大剣を大きく振りかぶり、朱い鱗《うろこ》を持つ大トカゲの魔物に一発打ち込んだのだが……

——ガキィン！

「うえぇっ⁉」

まさかの硬度に、大剣が鈍い音を立てた。

しかし斬れはしなかったものの、大トカゲはその勢いを受け止められず、後続の魔物を巻き込んで吹き飛ばされた。

アレッタは周囲を気にしながら大剣を確認し、青褪《あおざ》める。

「ヒ、ヒビが入ってる～⁉」

しかもパラパラと鋼の欠片《かけら》が落ちていくような派手な刃こぼれまでしており、これはもう大剣として用をなさないだろう。

「うえぇぇぇ……」

アレッタは情けない声を上げるも、早々に見切りをつけて大剣を鞘《さや》に戻し、向かってきた熊の魔物の顎《あご》を蹴《け》り上《あ》げ、がら空きになった腹に拳《こぶし》を打つ。

熊の魔物はその衝撃に胃液どころか血反吐を吐き散らし、ピクリともせず大地に倒れた。

「怒られるぅぅ！」

アレッタないし、ベルクハイツ家の戦士が使う武器は特別製である。なにせ、普通の武器だと簡単に壊してしまうような非常識な力の持ち主なのだ。それはもう頑丈に、けれども武器としての鋭さ、破壊力を失わないように造られる特別なオーダーメイド品だ。それゆえに、とても値が張る逸品である。

「もう、踏んだり蹴《け》ったりだわ！」

そう言いながら虎の魔物を踏み砕き、狼の魔物を蹴《け》り飛《と》ばす。

「それもこれもアイツのせい！」

半分言いがかりである。思わぬところでクリスティアンの好感度が更に下がった。

アレッタは襲いかかってきた熊の魔物の首に足をかけ、そのまま首をへし折って次の獲物へと襲いかかる。

交代の戦士達が来ても魔物を狩り続けるアレッタに、漢女《ヲトメ》達は「アラー」と苦笑しつつ、「先に戻りますねー」と一声かけて、慣れたように撤退していく。なぜ彼女等が慣れた様子でアレッタを残したかというと、アレッタに限らずベルクハイツの戦士が部隊を先に帰し、戦場に残るのは珍しくないからだ。代表例としては、腹が減るまで戦場に出ずっぱりのベルクハイツの無邪気な脳筋などが挙げられる。

交代要員の第十二部隊の戦士達が、今日もうちのお嬢様は元気いっぱいだなぁ、と笑いながら武器を振る。

「大剣のぶん、稼いでやるんだからー！」

戦場に響く少女の声に、戦士達は笑いながら魔物を斬り飛ばした。

＊＊＊

カンカン、と鍛冶場に鉄を叩く音がする。

職人達の荒っぽい声が上がり、研ぎに出された剣が山のように積み上げられる。

そんな鍛冶場の一角で、アレッタは鍛冶師の親方に己《おのれ》の大剣を見せていた。

「ああー……、これはダメですな」

「やっぱり？」

「刃こぼれならまだやりようはあるんですが、ここまでのヒビとなると……」

「そうよね……」

がっくりと肩を落とすアレッタに、親方は「派手にやりましたな」と、折れる一歩手前の大剣を前に苦笑いする。

「まあ、これを打ったのは三年も前でしょう。アレッタ様も成長なされました。そろそろ武器の替え時でしたし、丁度《ちょうど》いいでしょう」

「そうね。筋肉も前より付いたし、もう少し重くても大丈夫そう」

「頼もしいですなぁ」

親方の言葉に、アレッタはぱっと子供のように笑う。

こういうところはまだまだ可愛い我らのお姫様だな、と親方は慈しむように目を細めた。そして、気を取り直すように一つ咳払いをし、新たな剣の参考例として歴代のベルクハイツ家の戦士達が使ってきた武器の記録を机の上に広げた。

「皆様お使いになられるのは大剣が多いですな。バーナード様は戦斧《せんぷ》もよくお使いになられますが、以前ハンマーもお使いになられて、なかなか面白いという評価をいただいております」

ベルクハイツの人間が使う武器は、大抵が大きいものになる。それは魔物を一匹仕留めるついでに他の魔物も巻き込んで仕留める方法を多用するので、威力と頑丈さが求められるからである。

「んんー……、ハンマーは素材が派手に砕けたりするからなぁ……」

もったいないのよね、とこぼしながらこれまでの武器一覧を眺め、アレッタはある武器に目を留めた。

「これ……」

「ん……？　おや、珍しいものに目を付けられましたな」

アレッタの目に留まったのは、かつて、ここではない世界で憧れをもって見つめた片刃の反りのある刃物――刀だった。

＊＊＊

ベルクハイツの領主の屋敷には、大きな武器庫がある。そこは、ベルクハイツ家の代々の戦士達が使っていた特別製の武器を保管する武器庫だ。

「それで、その……あー、カタナ？　とかいうやつがここにあるのか？」

「うん、そのはずなんだけど……」

そんな武器庫に、アレッタとフリオは来ていた。

ベルクハイツ家の戦士達はどれだけ頑丈に作ろうとも、何度も武器を壊す。しかし、壊れずに残った武器ももちろん存在するのだ。そんな武器がこの武器庫に眠っている。

「五代くらい前の当主の弟さんが使ってた武器でね、ベルクハイツの男子としては珍しく小柄な方だったんですって」

それこそ子供のような身長であったため、大きな武器を扱えなかったそうだ。

「その時、丁度《ちょうど》東の方から鍛冶師が流れてきて、刀を打ったそうなの。それを気に入って、生涯使い続けたんですって」

その刀が数振りこの武器庫に残っているらしい。

「私の新しい大剣が打ちあがるまで、お父様がそれを使っていいって言ってくれたの！」

前から使ってみたかったの、と嬉しそうに言うアレッタを見て、フリオは苦笑する。

アレッタとしては刀を打ってもらおうとしたのだが、残念ながら刀を打てる鍛冶師はディランからの依頼を受けており、それが終わってからになるという返答を貰《もら》った。それなら仕方ないと諦めて大剣を打ってもらうことにし、完成まで別の予備の武器を使うことにしたアレッタだったが、それに声をかけたのはアウグストであった。

曰く、それなら件《くだん》の戦士のものが残っているので、それを使えばいい、と。

それにアレッタは大喜びして父に抱きつき、アウグストはほんのり耳を赤くして周囲の人間から生温い視線をもらっていた。

そんなことを思い出しながら、フリオは武器庫の中を見回す。

「しかし、多いな」

武器庫にはいくつもの棚が設置され、整然と貴重な武器が並べられていた。

「ここには歴代当主の武器も保管されているの。ほら、大きめの武器が多いでしょ？」

「そういや、そうだな」

魔導士の杖や普通サイズの長剣もあるにはあるが、圧倒的に数が多いのは大剣、戦斧《せんぷ》、ハンマー系の大物である。

「武器は使ってこそだけど、流石《さすが》に歴代の当主やその筋の人達が使ってたものだから、素人には触らせられないって言ってたわ。私もそんな大物は使えないけど、今の実力なら大剣より軽い武器なら良いって言われたの」

とはいうものの、刀も易々《やすやす》と取り扱える武器ではない。大剣のような使い方をすれば簡単に折れてしまうだろう。

「練習して、大丈夫そうなら実戦投入かな。駄目そうならここに戻すわ」

幸いなことに刀の扱い方はディランが知っている。使い方を教えると約束してくれたので、アレッタはますます機嫌が良い。

「それがいいかもな。けど、次の第二波には間に合うのか？」

フリオの言う第二波とは、『深魔《しんま》の森』の魔物の氾濫《スタンピード》のことである。

春の魔物の氾濫《スタンピード》には特徴がある。それは、魔物の氾濫《スタンピード》が一度では終わらないことだ。第一波で大量の魔物が溢《あふ》れ、その数日後に第二波として第一波の半分程度、稀にある第三波では第二波のさらに半分程度が溢《あふ》れるのだ。

「うーん、第二波はやめとこうかな。予備の大剣でいく。第三波があればそこで使おうかな」

「そうしろ」

そんなことを話しながら、足を止める。

アレッタとフリオの前には、三本の美しい刀が鎮座していた。

第四章

夜の帳《とばり》が下り、窓の外では雪交じりの雨が降る。

ルダム聖王国では三月といえどまだまだ雪が残っていた。夜半に雨が降ると未だみぞれになることが多かった。


パチパチと、暖炉の火が爆ぜる音がする。

その暖炉の前には、革張りの大きな椅子があった。人一人が悠々と座れるそれには、黒髪の青年が腰かけていた。

闇に包まれた部屋の中、暖炉とランプだけが光源の部屋で、青年はうたたねをしていた。

シルクの部屋着に温かなガウンを羽織り、こっくりこっくりと舟をこぐ青年の手には、清楚《せいそ》な百合《ゆり》の花の香りがする手紙が握られている。その香りに誘われるように、彼はゆるゆると夢の世界へと旅立った。


「ひとが死ぬのは、いやだな……」

ぽつりと、その幼い声が響いたのは、白を基調とした重厚で豪奢《ごうしゃ》な、けれどどこか寒々しい部屋だった。

広いその部屋に置かれたベッドに横たわるのは、白い、小さな少年だ。

（嗚呼《ああ》……、これは夢だ……）

青年は、どこかぼんやりとした思考でそんなことを考える。

黒髪の少年――幼い頃の自分の手を、白い少年が握る。

銀の髪がさらりと流れ、青い瞳が自分をひたと見つめる。

「わたしは、この聖王国のひとも、ほかの国のひとも、だれにも死んでほしくない」

幼い頃から、真摯《しんし》で、聡明な人だった。

この人こそが、王に最もふさわしい人だった。

「死にたいひとなんて、いないんだ。なのに、戦争をしたがるひとが、あまりにも多い」

だから、と己《おのれ》の主が言う。

「わたしに何かあった時、きみがわたしの志をついでくれ」

やくそくだよ、と微笑《ほほえ》む彼――ルダム聖王国の王太子殿下は、その血に相応《ふさわ》しい信念を持っていた。


「――様、グラハム様」

執事に声をかけられ、意識が浮上する。

目を開けると、そこには心配そうな顔をした執事がいた。代々家に仕えてくれている老年の執事だ。

彼は、最近特に忙しく動くグラハムを心配しているようで、今も体調をチェックするかの如《ごと》く、ほんの少しだけ長く顔色を見てきた。

そんな執事に、黒髪の青年——ルダム聖王国の王位継承権第二位に座すグラハム・ジュール公爵令息は心配するなとでもいうように微笑《ほほえ》む。

「ああ、すまない。起こしてくれてありがとう」

「いえ、お疲れのところ、申し訳ありません」

そう言って執事が差し出した銀の盆に載っていたのは、二通の手紙。

手触りの良い、上質な紙が使われた封筒の中身は、ウィンウッド王国の王太子からだった。流麗な文字は、グラハムが持っていた百合《ゆり》の香りの手紙の主——女神信仰の象徴である女性の現状が書かれている。

そしてもう一通。白いなんの変哲《へんてつ》もない封筒の中身は、書き手の几帳面さが見てとれるような、読みやすい字が並ぶそれ。

「参ったな」

グラハムは苦笑し、もう一度その手紙に目を通した後、二つの手紙を暖炉に放り込んだ。

「やられたと思ったら、とんでもない味方を手に入れてしまった」

とんでもない人間に目を付けられた、とも言える。

先日届いたウィンウッド王国の王太子の手紙から、すべてが始まった。その内容は、ある人物の紹介。

そして、その手紙と共に届いた手紙の主こそが、紹介された人物——ベルクハイツ家の次期当主の婚約者であるフリオ・ブランドンだった。

フリオからの手紙には予想外の内容が書かれており、すぐに事実確認を取った。そして、それが本当のことだと知った時、戦慄《せんりつ》した。

了承の返事を書けば、その返事を予想されていたのか、とんとん拍子に困難な道が拓かれ、王座への道が舗装されていった。それを成したのは、ベルクハイツの悪魔と陰で呼ばれる、かの地の伴侶だ。

グラハムはかの人達の行動の迅速さに笑えばいいのか、とんでもない借りを作ったと嘆けばいいのかと苦笑いした。

しかし、一つ言えるのは——

「クリスティアンはとんだ虎の尾を踏んだようだね」

他国の情報——それも、グラハムのジュール公爵家や、ジョーセフ公爵家、そして王弟のヒューベルト王子も知らない情報を握っていたような人物だ。他国のそれを知っていたというだけで恐ろしいのに、そのホームに飛び込んでいったクリスティアンは、グラハムには最早《もはや》蛮勇としか見えなくなってしまった。

「知らないというのは、実に恐ろしいことだな」

否、元々ベルクハイツの恐ろしさはこの聖王国にも聞こえていた。それを軽視したがゆえの結果なのだろう。

今届いた手紙を読む限り、やはりクリスティアンの策は上手《うま》くいっていないようだ。

「まったく、とんでもない借りができてしまった」

そう言いながらも、グラハムの顔は穏やかだ。

グラハムは、己《おのれ》が凡人であると自覚している。

本来、グラハムはクリスティアンやヒューベルトと張り合えるような人間ではないのだ。だから、グラハムは人を頼った。

才ある者は貴族、平民などの地位にこだわらず拾い上げ、最適と思われる場所に配置した。己《おのれ》の才のなさを他人で補ったのだ。そうしてようやく、クリスティアンやヒューベルトと張り合えるほどになった。

ある者はプライドがないとグラハムを嗤《わら》ったが、グラハムは気にしなかった。己《おのれ》にとって重要なのは、主との約束を守ることだった。

グラハムは、己《おのれ》の主と約束した日を思い出し、ふと寂しげに笑う。

「けれど、この力はあの方のために……、あの方の下で使いたかったな……」

グラハムが生涯この人のために己《おのれ》の力を使うのだと誓った主――亡くなったルダム聖王国の王太子、セドリック・ルダム。

子供の頃はベッドから出られないような人だった。しかし、成長していくうちに体も丈夫になっていき、このまま王位に就けるのではないかと期待していた。しかし……

グラハムは一つ瞬《またた》いた後、寂寥《せきりょう》を胸の内に仕舞う。そして、己《おのれ》の主との約束を守るため、再び行動を開始した。

＊＊＊

未だ雪が残る地域とは違い、すっかり雪が溶けたベルクハイツ領の砦《とりで》で、次期領主の少女とその兄が一振りの得物を前に和《なご》やかに話をしていた。

「それで、そのウチガタナにしたのか」

「はい！　大きな刀はちょっと初心者には難しそうだったので！」

少女――アレッタが今いるのは砦《とりで》の訓練場である。

ここでディランに刀の取り扱い方を教えてもらうため、武器庫に眠っていた刀を持ってきていた。

武器庫に眠っていた刀は三つ。

種類は、打刀《うちがたな》、太刀、大太刀である。

「まあ、アレッタの体格にはそちらの方があっているかな」

ディランはアレッタの腰にあるそれに頷《うなず》き、まずは大剣との違いを説明しよう、と言った。

「アレッタや兄上達が普段使っているような大剣は、どちらかと言うと叩き斬る、もしくは潰すといった大味な攻撃が主だ」

「はい」

「しかし、私達のような力ある者が馬鹿みたいな硬度を持つ魔物に対し、刀でそれをやると折れる」

「まあ、そうですよね」

だから練習すべきは、刀の振り方と刀へどう魔力を籠めるかだ、とディランは告げた。

「まあ、アレッタならすぐそれなりに扱えるようになるだろう」

「はい！」

ベルクハイツの武器の取り扱いの習得スピードは異常である。流石《さすが》に達人と呼ばれるようなレベルになるには時間がかかるが、実戦投入可能レベルになるまでにかかる時間は恐ろしく短いのだ。

そうして兄妹の訓練は和気あいあいとして始まった。数時間後に綺麗な切り口の巻き藁《わら》が転がる様を見て、王都から来た元問題児が二度見する程度には腕が上がっていた。


さて、アレッタがディランと訓練をしている頃、アレッタの兄――長兄のゲイルは、アレッタと会えない代わりに、とでもいうかのように本邸でクリスティアンとうっかり顔を合わせてしまっていた。

「こんにちは、ゲイル殿」

「ああ、こんにちは、クリスティアン殿」

ゲイルは努めて威圧しないよう己《おのれ》の気配を薄め、クリスティアンと対峙する。

クリスティアンは、どこか無邪気で柔らかな微笑《ほほえ》みを浮かべており、ベルクハイツ領から次期領主を奪わんとする腹黒にはとても見えない。

(ううむ、面倒な人に会ったな)

厳《いか》つい武人然とした顔の下でそんなことを考える。

「お仕事ですか?」

「ええ。父に報告書を出してきた帰りです」

ゲイルは立ち話が始まる気配を感じた。

「あの、少しだけお時間よろしいでしょうか?」

「……少しだけなら」

ゲイルは腹芸があまり得意ではない。油断すると感情がすぐ表に出て、相手を無駄に威圧してしまいそうになるからだ。そのため、一般人には気を静め、気配を薄くして対峙する癖がついていた。

それが、ゲイルの武人としての気遣いだった。

だがしかし、そのせいで妙な誤解をされやすくなった。見た目の割に他の家族より威圧感がないゲイルを、御しやすいと勘違いする人間が出てきたのだ。そう、目の前のこの少年のように——

「実はアレッタ嬢に以前素材保管庫を案内していただいたのです。お礼に髪飾りを贈りたいのですが、普段どのようなドレスをお好みか教えていただけませんか」

「申し訳ないが、私では答えられない質問のようです」

「ああ、男性にはちょっと分かりにくいですよね。こう、レースをふんだんに使っているものとか、それとも花の意匠が使われているものとか、そういっただいたいのところで大丈夫です」

「申し訳ありませんが……」

普段、アレッタはパンツスタイルで過ごしている。それというのも、魔物の氾濫《スタンピード》に備えてのことだ。スカートやドレスは、休日やフリオとのデートの時にしか着ない。そのため、ただでさえ女性のおしゃれに詳しくないゲイルは、アレッタのドレスの好みはよく分からない。

あと普通に妹の情報をさして親しくもない男に渡すなどありえない。お前、顔が良いからって調子に乗ってないか？　殺すぞ、小僧。

割と物騒な思考を武骨な無表情の仮面の下に隠し、立ち去る機会をうかがう。しかし、そう簡単に放してくれないのがクリスティアンである。

「ああ、すみません。そうですよね。こちらでは動きやすい服装が推奨されているようですから、そういうこともありますよね」

私としたことが、と眉尻を下げて微笑《ほほえ》むクリスティアンに、ゲイルは内心舌打ちする。

これは、アレッタが常にドレスを着て過ごせるような生活を送れていないことを恐ろしく遠回しに責められている。

そして、クリスティアンはそこで終わらず、さらに一歩踏み込んできた。

「あの……、以前から不思議に思っていたのですが、家を継ぐなら男性のゲイル殿のほうが色々と都合が良いのではないでしょうか？　女性のアレッタ嬢が継ぐのは、色々と酷《こく》なのでは……」

綺麗なドレスを着せ、普通の令嬢のような生活をさせてあげたらどうか。

さもアレッタの身が心配です、とでも言わんばかりの表情をしたクリスティアンだったが、吐き出されたその言葉に色々な思惑を孕《はら》んでいるのを感じた。

ゲイルは目を細め、その少年を見下ろす。

(情報収集が足りてないな。まあ、他国にまでうちの詳細な事情が流れていても困るが……)

クリスティアンは明らかにベルクハイツへの理解が足りていなかった。アレッタの――ゲイル達を含むベルクハイツのこの地にかける覚悟を、彼は知らないのだ。

ゲイルは、くっ、と口の端を上げ、告げる。

「もう少し、情報収集をすることをお勧めします」

直接的に打ち込まれたそれに、クリスティアンは思わず無邪気な少年の仮面を取り落とす。

理知的で、狡猾《こうかつ》な光を湛えた瞳を見返し、ゲイルは一礼してその場を後にした。

その後、不愉快そうにクリスティアンが顔を歪《ゆが》めていたことを、一度も振り返らずに去ったゲイルが知ることはなかった。

＊＊＊

夜の帳《とばり》が下り、『深魔《しんま》の森』が不穏な気配を醸《かも》し出《だ》しながらも不気味な静けさを保っている。

ゲイル達ベルクハイツの男兄弟とフリオは、砦《とりで》の一室に集まっていた。

「――と、いうわけで少々喧嘩《けんか》を売られた」

ゲイルはクリスティアンとの一件を報告していた。まあ、喧嘩《けんか》を売られたとは言ったが、実際はさらっと躱《かわ》して軽く一撃入れてきたのだが。しかし、それをそうですか、と流せない男がいた。

「分かりました。殺しましょう」

ゲイルを尊敬するディランである。

「待て待て待て」

それに、「おっ、なんだ。あの世へお引き取りいただくのか」とバーナードが腰を浮かせたので、すかさずフリオが飛びついて引き留める。無邪気な脳筋は時に冗談が通じないので、発言には注意して欲しいと思うフリオである。

「皆さん、苛ついてますね」

「まあな」

苦笑いするフリオに、疲れたように溜息《ためいき》をつきながらグレゴリーが頷《うなず》く。

ディランもバーナードも、普段はこんな物騒な冗談を言わない。それもこれも、このクソ忙しい時期に面倒な問題を持ち込んだお客人に思うところが色々ありすぎるせいである。

「恐らく、あのお客人は俺にベルクハイツ領の領主になるようそそのかしたいんだろう。まあ、無理なわけだが」

苦笑するゲイルに、弟達が苦い顔をする。

ベルクハイツ家は初代の血が濃い者が当主となる。その血を繋ぐと同時に、その尋常《じんじょう》ならざる力も繋ぎ、この地を長く守護するためだ。その取り決めゆえにアレッタが次期当主と決まった訳だが、これに苦い思いを一度も抱かなかった兄はいない。

「俺達は血が薄いからな……」

そうして苦笑するゲイルは、自分が跡を継ぐといずれベルクハイツの力は失われるだろうと感じていた。そのため、自分よりは力の継承に期待が持てるディランがベルクハイツを継ぐのだと思い、複雑な思いを抱いていた。しかし、その予想は外れた。末っ子の可愛い妹が最も血が濃いと分かったのだ。ゲイルはそれを知った時、自分の不甲斐なさに泣きたくなった。

そう思ったのは、ゲイルだけではない。

「努力ではどうにもならないところをつつかれるのは不快ですね」

忌々《いまいま》しげに、吐き捨てるように言うのはディランだ。

綺麗なドレスを着せ、普通の令嬢のような生活をさせてあげたらどうか、だと？　いつだって自分達は可愛い妹にそうしてやりたいと思っているのだ。

「この地で生まれ、生きる限り、『普通』でいることは、あまりに難しい」

グレゴリーの静かな言葉に、妹を愛する兄達は目を伏せる。

確かに、アレッタがどうしても、と願えばそれは可能だ。なぜなら、そういう選択をするということは、どれだけ適性があろうと戦場で生き残るのは難しいからだ。最悪、状況を悪化させて周りを巻き込み、大きな被害を出す恐れがある。

「けどなぁ、父上や皆の姿を見てると、戦場に行かないという選択肢はなくなるんだよな」

バーナードのぼやきじみた呟《つぶや》きに、そうなんだよな、と身に覚えがある男達は苦笑する。

「皆、俺達に良くしてくれた。そんな彼等を守れる力があるなら、使いたいと思ってしまうよな」

代々のベルクハイツの戦士達は、そうして戦場に立ってきたのだ。そして、それはアレッタも例外ではなかった。

最初はベルクハイツの役目というだけで、流されて訓練する。しかし、戦う戦士達の――自分達を大切にし、慕ってくれる領民の傷つく姿を見て、覚悟が決まっていくのだ。

ゲイルは、ふ、と疲れたように小さく息を吐きながらこぼす。

「しかし、確かに人は自分の価値観をもとに行動するが、あのお客人は少々視野が狭いな」

「人生経験が足りないんですよ。優秀といえども、まだ十六歳。それにどうにもワンマン気味だ。周りも彼に心酔して、決定に口を出さない。今は良くてもそのうち潰れるでしょうね」

ディランはクリスティアンの最盛期を『今』だと思っている。確かに本人は優秀なのだろうが、一つも粗がないかといえばそうではない。その粗を家からの細やかなバックアップで埋め、そうして『今』のクリスティアンは作られているのだ。

「だいたい、あれが王となるなんてゾッとします。あのお客人、今は子供だから大人の忠告を聞いているんでしょうが、根はそういうものを素直に聞くような性格をしていないようです」

あのまま成人したらいつか他人からの忠告を聞かなくなり、どこかで大コケするだろう、とディランは肩を竦《すく》めた。

そして、気を取り直すように、パンと一つ手を打って話題転換を図った。

「さて、あのお客人の話はここまで。フリオ、グラハム・ジュール公爵令息から良い返事が貰《もら》えましたか？」

「はい。グラハム殿は対象と接触したそうで、良い関係が築けそうだと手紙に書いてありました。――と、言いますか、あの人は典型的な人たらしですね。すぐに関係が進展しそうです。この分じゃ、お披露目も早いでしょうね」

フリオの返事に、ディランはそれは良かったと微笑《ほほえ》んだ。

フリオ達ベルクハイツの頭脳陣は、クリスティアンがこちらにやってくると知ってから、ずっと動き続けていた。

そうして彼の目的がアレッタと知り、早々にお帰りいただくために一計を案じたのだ。それが今、実を結ぼうとしている。

「なんでわざわざウチに来たんだか」

「上手《うま》くやれば、自国で済む問題だったでしょうにねぇ」

くつくつと暗く嗤《わら》うディランとフリオから、グレゴリーがそっと距離をとった。

クリスティアンは勇者信仰を利用するため、アレッタを手に入れようとした。しかし、ルダム聖王国の国教は、勇者信仰だけではないのだ。

「女神信仰。その象徴たるあの方には、グラハム殿の隣で幸せになっていただきましょう」

ベルクハイツの長い腕が、他国の王妃候補を、思いがけぬところから舞台に押し上げた瞬間だった。

ルダム聖王国の国教は二つ。女神信仰と、勇者信仰である。

特に女神信仰は勇者信仰よりも古く、ともすれば勇者信仰よりも重視される。

その女神信仰の特徴の一つが、勇者と同じく、女神から神聖なる力を与えられたとされる『聖女』だ。

聖女とは、魔術の中でも珍しい『回復魔法』を使える人間で、それが特に優れている選ばれし女性を指す。

十二歳くらいの回復魔法が使える少女は教会に集められ、十五歳まで『聖女見習い』として教会で修行を行う。そして、修行を終えて回復魔法が一定の基準に達した少女は聖女となって教会に属し、民に癒しを与えるのだ。

聖女になることは大変名誉なことで、聖王国の女性はこぞって聖女に憧れる。聖女になれるほどの回復魔法を使えると結婚相手に困らず、望めば格上の家に嫁ぐことも可能となるからだ。

そんな聖女だが、教会内での権力もなかなかのものだ。特に聖女達をまとめる『筆頭聖女』など、女神信仰の象徴ともなるため、その地位は教会のナンバーツーとなるほどだ。この筆頭聖女を輩出した家は、平民であれば一代限りではあるが爵位が与えられ、貴族であれば立場はかなり優位となる。そのため、聖女見習いとなった娘を持つ家は、娘に筆頭聖女となるよう期待をかけるのだ。

しかし、この筆頭聖女という地位は、実のところ聖女達にあまり人気がない。なぜなら、筆頭聖女になると地位が高すぎて、かえって結婚相手に不自由するからだ。教会での暮らしに辟易《へきえき》とし、聖女の幸せを夢見る少女は、家からの意思に反してその実力を中の上程度に隠匿《いんとく》するようになる。

そうしたことから、聖女達の間では、暗黙の了解で筆頭聖女には結婚願望のない者、もしくは信仰心の厚い者がなるように調整されていた。

さて、その筆頭聖女なのだが、実は三年前に代替わりした。新たにその座に就いたのは、リリア・アーシュバルク伯爵令嬢だった。

彼女は運がなかった。

彼女もまた、筆頭聖女の地位を欲しがらぬ人間の一人だったのだが、代替わりの時期に筆頭聖女に成り得る力を持つ者は誰もその座を望まなかった。そのため、他の聖女達に結託され、彼女に押しつけられたのだ。

彼女の生真面目な性格もこの時は仇となった。筆頭聖女は女神信仰の象徴だ。やりたくはないが下手な人物には任せられないと聖女達は考え、彼女達は相応《ふさわ》しいと思う者にリリアを選んだのだ。

ある意味、聖女達に認められた人間ということになるのだが、筆頭聖女の座を望んでいなかったリリアからしてみればただ押しつけられただけである。

そうして三年の月日が流れた。

リリアは押しつけられた立場だとはいえ、真面目に仕事をこなしてきた。それこそ、理想的な筆頭聖女として尊敬の念を集めるほどに。

「けどまあ、本人は結婚して子供が欲しいらしいんだよな」

「女の子の夢だね～」

ルダム聖王国の筆頭聖女の事情を話すのはフリオだ。その彼の正面に座り、昼食のサンドイッチを共に食べるのはアレッタである。

時間があったアレッタがフリオのもとに昼食を配達した際、フリオはわざわざ人払いをしてアレッタを引き留めた。クリスティアンのことで何か進展があったのだろうと察し、アレッタは共に昼食をとることにしたのだ。しかし、突如隣国の筆頭聖女様の事情説明をされ、アレッタはそれがこの件になんの関係があるのかと首を傾《かし》げた。

「それで、その筆頭聖女様がどうしたの？」

不思議そうな顔をするアレッタに、フリオはニヤリと笑う。

「実はルダム聖王国の王位継承権第二位のグラハム・ジュール公爵令息は、昨年他国の公爵令嬢と婚約を解消していてな。フリーだったから、筆頭聖女様を紹介してみた」

「……は？」

フリオの発言に、アレッタは固まる。

それは、つまり――

「クリスティアン殿の計画を参考に、信仰の象徴を他の王太子候補者の婚約者に推したのさ」

最高に皮肉なアイデアに、アレッタは唖然《あぜん》とした。

「うわぁ……。それ、あの方が知ったらすごく怒るでしょうね」

引くアレッタに、フリオは肩を竦《すく》めて言葉を続ける。

「信仰を利用するなら、わざわざベルクハイツまで来る必要なんてなかったんだ。アレッタを落として、婚約して、魔物を斃《たお》して土地を開放して――なんて計画、気が長すぎる。そりゃまあ、泥沼化して王太子位は長く空席のままだろうと誰もが思っていたようだけどな」

しかし、探せばしっかりと最短でその座に座れる道はあった。

由緒正しい女神信仰の象徴。普通は筆頭聖女となった聖女はそう簡単にはその座から降りない。当然だ。その座に就きたくて就くのだから。

しかし、今代は違った。

役目を真面目に務める生真面目さはあれど、その座は望んで得たものではなく、執着していなかったのだ。だから、地位、権力、金、容姿と揃い、さらに性格も穏やかで、よき伴侶となれそうな男を紹介すれば、彼女はあっさり筆頭聖女の座を降りると言った。

「筆頭聖女の座を降りる理由も、未来の国母となるという理由なら反発は少ないだろう」

リリアは評判の良い聖女だった。そのため、筆頭聖女の座についた時も人々には喜びをもって迎えられた。彼女の結婚相手がそこら辺の貴族の嫡男だとか、商家の息子だとかだったら何かしら不満が出ていただろうが、国のトップの隣に立つというなら文句は出にくいだろう。むしろ、世紀のカップルとして喜ばれる可能性のほうが高そうだ。

「ふふ……。それにしても、クリスティアン様がそれを思いつかなかったのはなぜなのかしら？

これまで筆頭聖女が王妃の座に就いたことなかったの？」

「ああ、一度もなかったらしい。筆頭聖女も結婚するとなると還俗扱いになって教会から出る。望んでその地位まで上《のぼ》り詰《つ》めたなら、滅多なことでは退かないものだからな」

前例もなく、考えるまでもなく昔から筆頭聖女とはそういうものだった。クリスティアンも当然そう思っていたのだろう。盲点だったのだ。

「グラハム殿も筆頭聖女様も実に乗り気で、話がまとまるのは早いだろうな。奴が情報を受け取る日が楽しみだ」

悪魔のような黒い笑みを浮かべるフリオに、アレッタは立派に『ベルクハイツの悪魔』の一人になろうとしてるなぁ、と生温い笑みを浮かべたのだった。

＊＊＊

さて、そんなとんでもない計画が進行中とは知らぬクリスティアンは、散歩という名の情報収集に出ていた。業腹ではあるが、ゲイルの言う通り、事前情報があまりあてにならないと感じたからだ。

「力は強いが感性はごく普通の令嬢で、戦いに辟易《へきえき》していると聞いたのに……」

苦々しい声色で呟《つぶや》かれたその情報は、間違いではない。アレッタは普通の令嬢と同じく綺麗なものも可愛いものも好きだし、できることなら戦場に出たくない。しかし、自分に人を助け、人の役に立つ十分な力があるから戦地に立つのだ。

すべては、愛する人々のためである。

自分を慕って信じてくれる人々のため、アレッタは——代々のベルクハイツの人間は、誇りと覚悟を持って戦場へ向かうのだ。

クリスティアンは頭は良いが、十六歳で、守られる立場にいる。そして彼は幼い頃から王となるべく教育され、いつしか権力欲に取りつかれた。彼にとって、民は数字だった。高位貴族という貴い立場にあり、勉強や謀略に多忙を極める彼は民と接する機会がなかった。それゆえに、彼の中の民は血の通った人間の形をしておらず、書面上に書かれた数字だったのだ。

ある意味、クリスティアンは哀れな人間なのかもしれない。それを知る機会が与えられなかったのだから。

そんなクリスティアンであるから、違う世界に生きるアレッタの生き様をこの短期間で理解できるはずがなかった。

そしてこの時、クリスティアンは偶然出会う。彼と似た境遇にいた人間に。

「おや……、クリスティアン殿？」

「え？　アラン……殿下……？」

突然のウィンウッド王国元王太子の登場に、クリスティアンは驚きに目を見開く。

「な、なぜここに……!?」

クリスティアンはアランが廃嫡《はいちゃく》されたことは知っていたが、ベルクハイツ領にいるとは知らなかったのだ。

アランはそんなクリスティアンに少々気まずそうに微笑《ほほえ》んだ。

「お久しぶりです」

「え、ええ、お久しぶりです。アラン殿下」

クリスティアンはどうにか動揺を収め、アランに向き直る。しかし何を言うべきか迷い、その迷いを察したアランが先に口を開いた。

「私がここにいて驚かれたでしょう」

「……はい」

なんとも言えぬ顔で頷《うなず》けば、アランもまた、そうでしょうねと頷《うなず》いた。

「実は廃嫡《はいちゃく》された後、ここへの配属を願い出まして。今はここで一兵士として働いています」

穏やかにそう言うアランは、王太子時代にルダム聖王国のパーティーで顔を合わせた時より随分《ずいぶん》と落ちつき、なんなら成長したように見えた。とても王太子の座から落とされ、落ちぶれた男には見えなかった。

そんなクリスティアンの内心の動揺を感じ取ったのか、アランは安心させるように穏やかに話す。

「そういえば、クリスティアン殿は魔物素材の買いつけにいらしたのだと聞きました。お気に召すものはありましたか？」

それにクリスティアンは、気に入ったものはあったが、まだ他にも見てみたいのでもう少しここにいるつもりだと答えた。しかし、アランはそんなクリスティアンの返答に、困った顔をした。

「こんなことを言うのはなんですが、早くお帰りになったほうがよろしいでしょう」

それに思わずクリスティアンはむっとする。最近ベルクハイツの面々が口に出しはしないが、さっさと帰れ、という空気を隠さなくなってきたからだ。アレッタの心を掴む前に帰れるはずもなく、クリスティアンは内心イライラしていた。そんな時にこの言葉だ。アランも自分を邪魔者扱いするのかと気分を害したのだが、次の言葉にそれは打ち消された。

「王位継承権をお持ちの貴方《あなた》がこんな危険な地に長々といてはいけません。ここの戦士達は優秀ですが、この世に絶対はないのです。国のために早くお帰りになるべきです」

それはクリスティアンの自尊心をくすぐり、納得しやすい言葉でもあった。

「そうですね。ですが、まだ必要なものの買いつけがありますので」

そう言って愛想よく笑みを浮かべると、アランはますます表情を曇《くも》らせた。

「あの、ぶしつけな質問なのですが、もしかしてアレッタ嬢を妻に迎えたいと思っていらっしゃいますか？」

あまりにも直截《ちょくせつ》的で、核心をついた質問にクリスティアンは面食らう。アランは言葉を重ねた。

「もしそうであるなら、諦めたほうがよろしいでしょう。我が国がアレッタ嬢を手放すはずがない。許可が下りませんよ」

クリスティアンは目を丸くする。そして、そんなクリスティアンの反応に今度はアランが驚いた。

「まさか、国が許すと思っていらっしゃったのですか？」

「え、あの……どういうことでしょうか？」

困惑も顕わにそう尋ねれば、アランはどうしたものかと弱った顔をした。

「そもそも、クリスティアン殿はアレッタ嬢の——ベルクハイツ家のことをどこまで知っておられますか？」

彼女個人が、国が手放すはずがない武力を持っていると理解していますか？

そう問われて、クリスティアンは言葉に詰《つ》まる。

確かに、アレッタが尋常《じんじょう》ならざる力を持っているとは知っていた。だからこそ、彼女を担ぎ上げようと考えたのだ。しかし、国が抱え込むほどまでとは思っていなかった。男である兄達なら分かる。しかし、相手はアレッタ——細い体を持つ普通にしか見えない少女なのだ。

「そう簡単には許可が下りるはずがありませんが、万が一国を出る許可が下りるとしたら兄君達のほうでしょうね」

その言葉にクリスティアンはさらに衝撃を受ける。

あの分かりやすく強者の面構えと体つきをした男達のほうを外に出すというのか。

動揺するクリスティアンに、まあ仕方がないか、とアランは内心苦笑する。人は無意識に自分の知る常識の範囲内で考え、想像し、行動するものだ。信じがたい情報は過大評価、もしくは偽情報として処理してしまうだろう。アレッタは本当にひどい初見殺しの人間だ。多分、歴代のベルクハイツの戦士の中で最もタチが悪いだろう。

「末っ子の彼女がベルクハイツの次期当主に選ばれたのは、そういうことです。恋で道を踏み外した愚かな男の言葉ですが、だからこそお聞き願いたい。アレッタ嬢は諦めたほうがいい」

真摯《しんし》な言葉であったが、残念ながらクリスティアンには半分も届かなかった。

「ええ……。ありがとうございます。少し、考えてみます」

切なそうに微笑《ほほえ》むその裏で、クリスティアンはそこまでの力を持つ少女をどうやって落とすかという算段を練っていた。

それほどまでに言われる女を、どうして諦められようか。

焦りは思考を鈍らせ、欲は目を曇《くも》らせる。残念ながら、それに気づかせてくれる人間は、クリスティアンの傍《そば》にはいなかった。

＊＊＊

ダガッ、ダガッ、ダガッ――

馬が力強く大地を蹴《け》り上《あ》げ、町の大通りを駆ける。魔物の氾濫《スタンピード》を報《しら》せる早馬だ。町の住人は第二波が来たのだ、と緊張した面持ちで高く聳《そび》え立つ外壁を見上げた。

甲高く鳴る警鐘に、戦士達は走る。

鎧《よろい》を着て武器を持ち、指定位置に着いてその時を待った。

「開門！」

そして、戦士達は戦場を駆ける。

そんな戦士達を外壁から見守るのは、ベルクハイツ家先代当主のアレクサンダーだ。

アレクサンダーは目を細めて遠くに見える魔物の影を見る。

「これはまた、珍しいな。ワームか」

深魔《しんま》の森から出てきたのは、馬鹿みたいに巨大なワームである。茶色いミミズのような体をくねらせ、他の魔物を捕食しながらこちらに近づいてきていた。

「これだと他の魔物は少し叩いて終わり、後はワームとの決戦になりそうですな」

「ううむ、ワームはあまり買い手がおらんし、高くないから旨味が少なくて厄介《やっかい》なのだが……」

自身の副官の言葉に、アレクサンダーは苦い顔をする。

アレクサンダーは戦一辺倒になりがちなベルクハイツ家の戦士でありながら、金勘定に敏感《びんかん》だった。それというのも、豪雨や暴風などのどうしようもない災害によって資金難に陥ったことがあり、その時の苦労が頭にこびりついているのである。

そうした苦楽を共に乗り越えてきた副官も、ワームに食われていく魔物を見て「もったいない」とこぼしている。

ある意味余裕綽々な態度で戦場を見守る二人の視線の先で、今、戦士達が魔物との戦闘の火ぶたを切った。


「おおおおおお!!」

――ドゴーン！

戦場に高らかに響いたのは、バーナードのハンマーの一撃だった。

全長十メートルはあるだろう巨大ワームは、その身をくの字に折って吹き飛んでいく。

「うわぁ、強烈」

それをばっちり目撃したアレッタの本日のお仕事は、ワームの食い残しの始末である。

「それにしても、うちに出るワームって本当に厄介《やっかい》よね。斬ったらそこから分裂して二匹に増えるんだもの。プラナリアかっての」

「プラ……？　それがなんだか知りませんけど、厄介《やっかい》な相手なのは同意しますわ」

そう言いながら、アレッタの隣でデリスが狼の魔物を高らかに打ち上げた。

「私もバーナード兄様みたいにハンマーを作っとくべきかしら？」

破損した大剣の予備は、やはり本命の武器と違って少々脆《もろ》い。あのサイズのワームを大剣の腹で叩けば、確実に破損してしまうだろう。

「それは壊れた大剣のお金を稼ぎ切ってからですわね」

「うえ〜ん」

セルジアの笑い交じりのその言葉に、アレッタが情けない声を上げる。

もちろん予算を組んでどうにかしてもらえるのだが、オリアナからその分稼げと無言のプレッシャーをかけられるのだ。仕方ない。ベルクハイツ家の戦士が使う武器はその力に耐えられるよう特注で作られるため、馬鹿みたいに高いのだから。

その後、アレッタ達の仕事はすぐに終わってしまった。ワームによって魔物の数が極端に減っていたためだ。

アレッタ達は響く打撃音を背に斃《たお》した魔物を回収しながら、時折空を飛ぶワームを視界に入れては「わぁ、すごいなぁ」と感性を五歳児に落とす。

「あれっていつ終わるのかしら？」

「さあ？　なんだかバーナード様、楽しんでませんか？　高く打ち上げるのを繰り返してるじゃありませんか」

少し呆れたように言うのはアレッタだ。それを受け、デリスが困ったように小首をかしげる。

「あたしはそれでも死なないワームが怖いわね」

あのバーナード様に殴られ続けてるのよ、と引き気味にセルジアが打ち上げられたワームを見上げ、頬を引きつらせる。

「もしかして深魔《しんま》の森の奥で結構長いこと生きていた個体かしら」

「そのまま出てこなければ良かったのに……」

アレッタとデリスは、バーナードによって死のけん玉をされているワームを見上げる。ワームには発声器官がなく、その口から悲鳴が漏れるようなことはない。しかし、ボッコボコに殴打され、ゲフッ、ゴフッ、とえずく様な音が漏れている。

「可哀想に……」

強すぎてそう簡単には斃《たお》されないがゆえの現状である。しかし、森から出てきたのならもうアレッタ達の獲物。狩らないという選択肢はないので、自分達の糧となってもらう運命だ。

アレッタ達はそっと顔を見合わせ、静かにその冥福を祈ったのだった。

＊＊＊

魔物の氾濫《スタンピード》の第二波は少しの混乱もなく収まった。なにせワームがほとんどの魔物を食べてしまったのである。いつもの第二波の三分の一程度の数しか残っておらず、問題といえばバーナードがワームを仕留めるまで時間がかかったくらいのものだった。

これなら大して書類仕事もない、デートでもしてきなさいな、とフリオがアレッタの前に放り出されたのはその翌日のことだった。

「これってクリスティアン様に見せつけろ、ってことかしら？」

「そうだと思うぞ。俺との仲が良好で円満だと見せつけてやろうぜ」

半ば無視される形で婚約者にアプローチされていたフリオの笑顔は黒い。フリオの実家は伯爵家とはいえ田舎貴族である。王家の血を引く公爵令息のクリスティアンから舐《な》められていたのだ。

諸事情あって色々と我慢していたフリオに、アレッタは苦笑いして寄り添う。

「いちゃいちゃする？」

「する」

フリオはそう言って、素早くアレッタの頬にキスをすると、手をとって町へと歩き出した。

アレッタはキスされた頬を手で押さえ、とられた手につられてフリオの背を追う。

天気もよい今日。絶好のデート日和《びより》だ。

いくら小規模だったとはいえ、魔物の氾濫《スタンピード》の第二波の影響は各部署に少なからずあるものだ。それでもこうしてデートしてこいと言うからには、何かあるのだろう。

そんなことは、アレッタでも察することができる。

しかし……

(デートしてこいって言われたんだもの。それなら、楽しんだって罰は当たらないわ)

生け垣の白いユキヤナギを横目に、アレッタは淡く微笑《ほほえ》みながらフリオの腕に抱きついたのだった。


そんな二人の背中を見送る者がいた。蜂蜜《はちみつ》色の髪の少年——クリスティアンだ。

クリスティアンは冷ややかな目で二人を見下ろし、呟《つぶや》く。

「ふぅん……」

その声は、どこか人の不安を掻き立てるような、そんな響きを持っていた。

＊＊＊

「よし！　折角なんですもの。今日こそはピアスを買いに行くわよ！」

「ああ、そうだな。なんだかんだで買えてないもんな」

アレッタは冬休みに入り、フリオとピアスを買いに何度か町に出たのだが、そのたびにアクシデントが起こり、今日まで買えずじまいでいた。

「何が良いかしらね？　私の瞳の色は緑だけど……エメラルドではないわね」

エメラルドでは鮮やかすぎる。

「ペリドットも違うよな」

フリオがアレッタの瞳を覗《のぞ》き込みながら首を傾《かし》げ、アレッタはちょっと身を引きながら頷《うなず》く。

「うん。もう少し色が濃い……かな？」

す～っ、と思わず視線を逸《そ》らすと、視界の端でフリオが面白そうにニヤッ、と笑った。

「アレッタ、なんで目を逸《そ》らすんだ。よく見せてくれよ」

「ちょっ、やめてよ、もう！」

顔に手を添え視線を合わせようとするフリオに、アレッタが頬を染めて怒る。大変分かりやすい照れ隠しである。

じゃれ合うカップルに、あれが次期領主夫妻だぜ、仲睦まじくて大変結構だね、と町の人々からは生温い視線が送られている。

そうしているうちに店につき、二人は店――ベルクハイツ家御用達の『アルベンド宝飾店』に入った。

アンティーク調のシンプルで落ちついた店内には、繊細《せんさい》で煌《きら》びやかなものから、堅実そうなシンプルなものまで幅広く置いてある。

早速ピアスが展示してあるガラスケースに近づき見るが、アレッタの瞳の色の石はなかった。

「ないね」

「ないな。他にないか聞いてみるか」

店員を呼ぶと、さっと店主が寄ってくる。

「いらっしゃいませ、アレッタ様」

「こんにちは、店長さん。あの、聞きたいことがあるのだけど、大丈夫かしら？」

「大丈夫ですよ。なんなりとお申しつけください」

穏やかな紳士然とした初老の店主に、一粒ピアスに最適なサイズの、アレッタの瞳の色に似た石はないかと尋ねる。すると、店主は失礼でない程度にアレッタの瞳の色を確認し、少々お待ちください、と告げて店の奥へ引っ込んだ。そして、暫《しばら》くして戻ってきた彼の手には、数点のカットされた宝石があった。

「こちら、すべて緑系のものとなります」

だいたい四ミリくらいのサイズにカットされた宝石はケースの中でキラキラと輝き、見る者を魅了する。しかし――

「うーん……。ちょっと、違う……な？」

「そう？」

フリオがアレッタの瞳の色と比べ、首を傾《かし》げながら言う。アレッタは、これなんかどう、と指さすが、フリオは違うと首を横に振った。

「近いと思ったんだけどなぁ……」

「いや、違うぞ。ほら、比べてみろよ」

そう言われ、近くにあった鏡を覗《のぞ》き込みながら比べてみれば、確かに少しアレッタの瞳の色より薄い。

「んん～、確かにちょっと違うけど、許容範囲内じゃない？」

「いや、けど、違うだろ？」

フリオは頑なだった。

結局この日はピアスの購入を諦め、二人は店を出た。

アレッタとしては近い色の石でも良かったと思うのだが、フリオは納得いかなかったらしい。……まあ、身につける彼が望むものがいいだろう。

「今度、時間がある時にでも保管庫にある魔物素材とか探してみる？」

「ああ、それもいいな」

そうして微笑《ほほえ》み合い、どちらからともなく自然と手をつなぐ。本日の予定はデートだ。まだまだ時間は余っており、二人は足取り軽くデートの続きへとくり出した。――自分達の跡をつけてくる、怪しい人影の存在を知りながら……

＊＊＊

その女は、クリスティアンの影の一人だった。

心酔する彼のためならなんでもするつもりであり、そう教育されてもいた。子爵家の屋敷にいるクリスティアンとは違い、彼女は町にいた。最初は屋敷に潜伏する予定だったのだが、流石《さすが》は各国に武勇と伴侶の悪辣《あくらつ》ぶりを鳴り響かせるベルクハイツ家というべきか、屋敷は長く影が潜伏していられないほどに警備が厳しかった。仕方なく定期的にクリスティアンの元へ潜り込み、その際に指示を受けて動くこととなった。

今回の彼女のターゲットは、アレッタの婚約者、フリオである。

アレッタとの仲は良好で、家族からも領民からも良き婿殿《むこどの》と好かれており、はっきり言ってこの二人の間に入るのは野暮《やぼ》というものだろう。しかし、そう言っていられないのがクリスティアン達である。

(悪く思わないで欲しいですね)

そう思いながら、影の女は己《おのれ》の服装を今一度確かめる。

ふんわりとした可憐な令嬢を演出する外出着。得物は袖の中に。

女はスカートをふわりと翻《ひるがえ》し、喧噪《けんそう》の中に足を踏み出した。

＊＊＊

アレッタとフリオは手をつなぎ、ウインドウショッピングを楽しんでいた。

「あ、フリオ、ちょっとここいいかな?」

「ん？　ああ、それなら俺は外で待ってるよ」

立ち止まったのは雑貨店の前だ。店内は人が多く、付き添いの人間が入るのはためらわれた。

そうして店の外で待っていると、すぐ近くの通りで騒ぎが起きているのに気づいた。

「なあなあ、いいだろ？　いい店知ってるんだよ、一緒に行こうぜ」

「こ、困ります！」

そこにいたのはどこぞの令嬢めいた格好の女性と、人相の悪い男だった。

いかにもなナンパの光景に、フリオはなんとも言えぬ顔をしたものの、放ってはおけずに二人の間に割って入った。

「はい、そこまで。嫌がっているだろう」

「なっ、なんだとぉ!?」

割り込んできたフリオに男は顔を顰《しか》め、その胸ぐらを掴んだ――が、しかし、簡単に外され、腕をひねり上げられた。

「いだだだだだ！」

「ほら、どうする？」

余裕そうなフリオに、男は悲鳴を上げながらその手を振り払う。

「くそっ、覚えてろよ！」

ありがちな捨て台詞を残し、男は逃げていった。

なんだかお約束な奴だったなぁ、などと思っていると、フリオの袖がくん、と引かれる。

フリオがそちらを見てみると、つい守ってあげたくなるような甘い顔立ちの令嬢が、瞳を潤《うる》ませてこちらを見ていた。

「あ、あの、ありがとうございました」

「ああ、どういたしまして。それじゃあ、気を付けて」

さくっと話を切り上げて立ち去ろうとするフリオを、令嬢が慌てて引き留める。

「あの！　お、お礼を、お礼をさせていただけませんか？」

大胆にも腕に抱きつき、上目遣いでそう言われ、フリオはぎょっと目を剝《む》く。

「いや、本当にお気持ちだけで結構ですので」

「そう言わず！」

流石《さすが》のフリオもこのいかにもか弱い令嬢といった風情の女性の腕を乱暴に振りほどくことはできなかった。せめて距離を取ろうと体を引くが、令嬢がその分詰《つ》めてくる。

なんだこいつ、とフリオがそう思った時、気づく。

「おっと」

咄嗟《とっさ》にフリオは令嬢の腕を掴み、ひねり上げる。その手には細い針が握られていた。

「お前、どこの——」

「きゃぁぁぁ！　痛い！　何をなさるの!?」

暗器を持つ女に問いただそうとしたその時、女が悲鳴を上げた。

道行く人の視線を集める中、アレッタが何事かと店から顔を出す。

「フリオ、どうしたの？」

「アレッタ」

フリオが女から気を逸《そ》らした、ほんの一瞬。

そのわずかな隙を逃さず、女が隠していたナイフを引き抜いた。そして、それを眼前で振り抜いたので、フリオは思わず女の腕を離す。

女はバックステップで大きくフリオから離れ、なりふり構わず逃げ出した。

令嬢らしからぬ逃走ぶりに、フリオは叫んだ。

「襲撃者だ！　余計な手を出さず、兵に報《しら》せろ！」

フリオは後を追うべく駆け出し、アレッタもその後を追う。

「フリオ、あれは――」

「俺達の跡を付けてきた奴だな」

女は脇道に入り、細い迷路のような路地を選んで走る。

女は巧みだった。多くの角を曲がり、二人は遂《つい》に女を見失った。

アレッタは眉をひそめて言う。

「あれって、クリスティアン様のところの人間だと思う？」

「可能性は高いな」

しかし、百パーセントそうだと言えない。

「オリアナ様になんて言おうか……」

「うっ……」

フリオの言葉にアレッタが呻《うめ》く。

オリアナへの報告に気が重くなるが、彼女があまり怒ったりはしないだろうことも二人は分かっていた。しかし、問題はオリアナのバックにいる人物である。

「お父様が鍛《きた》え直しだって訓練計画を立てはじめる姿が、ありありと想像できるわ……」

アウグストによる覇王《はおう》系ブートキャンプの予感に、二人は身を震わせたのだった。

＊＊＊

深夜。クリスティアンは暖かな暖炉の火に照らされ、手の中のメモを読んで小さく眉をひそめた。

「ふん、失敗したか」

そう呟《つぶや》き、クリスティアンは小さなメモを暖炉の中へ放り込んだ。

そのメモは、影からのフリオ襲撃の失敗報告だった。アレッタを娶《めと》るために必要な工程はいくつもあるが、婚約者であるフリオが邪魔であるのは確かだった。そのため、排除に動いたのである。

「てっきり文官かと思っていたが、それなりにできる男だったか」

フリオはその頭脳を買われ内政担当として動いているが、ベルクハイツ領の魔物の氾濫鎮圧《スタンピード》に何度も参加したことがある男である。それなりに武の心得があり、よっぽどの手練《てだ》れでもなければ自分で対処できる男だ。

学園では騎士科に所属していたのは知っていたが、それほどの腕前とは知らず、クリスティアンは悔しそうに舌打ちする。

婚約者の死に打ちひしがれるアレッタを慰《なぐさ》めて篭絡《ろうらく》するつもりだったのだが、これから警戒が強くなることと、フリオの腕前を考えると、再度襲撃するのは難しい。

険しい顔で考え続けるクリスティアンの傍《そば》で、彼の侍従と護衛騎士はそっと目を見合わせる。

彼等は、自分達の主の思考が段々と鈍りはじめているように感じていた。本当なら、アランに忠告された時点で国へ帰っているべきだったのだ。いつものクリスティアンなら、そうしただろう。

引き際を見失い、暴走しはじめた己《おのれ》の主に言い知れぬ不安を感じながら、彼の配下はそれでも沈黙を選び、クリスティアンにただ付き従うだけだった。

第六章

フリオの前にそれが転がされたのは、デートの翌日だった。

「駄目じゃない、影は常に使いやすい位置につけておかないと」

そう言って艶やかな微笑《ほほえ》みを浮かべたのはオリアナだ。

彼女の足元に転がるそれは、先日フリオを襲撃した女である。縄と手枷でがっちり拘束されており、気を失っているため静かだ。

「あー……、すみません。その位置だとアレッタが気にするので……」

「修練が足りないんじゃない？」

私の影は気づかれないわよ、とオリアナが言えば、女を運んできたオリアナの影は無表情ながらどこか誇らしげな空気を醸《かも》し出《だ》している。器用なことである。

「私のところで鍛《きた》え直しましょうか？」

「イエ！　お気持ちだけで！」

侍従に扮して傍《そば》にいたフリオの影が絶望の空気を醸《かも》し出《だ》したので、フリオは前のめりにお断りした。しかし、「質の向上が見込めないなら仕込みますからね」と通告され、部屋の中にいる人間に動揺が走る。誰に何を仕込むのか――まさか影だけではなく、フリオにも『影の仕込み方～ベルクハイツの悪魔編～』的なものを仕込むつもりではあるまいか。

この時、フリオと影達は心を一つにした。早急に自分の力でレベルアップが必要である、と。

ディランさんに聞いて……いや、あそこはオリアナ様のところと似たようなものだった。内心苦悶の声を上げていると、オリアナがもう一つ、と大き目の封筒をフリオに渡した。

それは、報告書と一枚のルダム聖王国の号外だった。

フリオは報告書と号外を読み、にぃ、と口角を上げる。

「それで、婿殿《むこどの》。この後はどうしましょうか？」

「そうですね……」

チラ、と床に転がる襲撃犯を見やり、尋ねる。

「コレ、表に出したら面倒なことになるでしょう。主人の元へ返しますか？」

「あら、処分しないの？」

情報はもう抜いてあるから好きにしていいけど、と言うオリアナにフリオは思いついた悪戯《いたずら》を打ち明ける。

それを聞いたオリアナは、性格が悪いわね、と言いつつゴーサインを出した。コレを片づけるのに自分達がわざわざ手を汚す必要ないと、フリオの上を行くイイ性格でもって判断したのだ。

そうして今後の計画を軽く洗い直していると、突如それが鳴り響いた。

――カンカンカンカン！

聞き慣れた魔物の氾濫《スタンピード》を報《しら》せる警鐘だった。

＊＊＊

魔物の氾濫《スタンピード》の第三波が確認されたのは、第二波から三日後のことだった。

アレッタは砦《とりで》に向かうべく急いで廊下を歩いていたが、曲がり角で誰かにぶつかりそうになり、急停止しようとした。

「わっ⁉」

「わわわっ⁉」

しかし急停止しようにも勢いがつきすぎて止まれず、目の前の人物をぎりぎり躱《かわ》して数歩行ったところでようやく足が止まった。

「ご、ごめんなさい！　怪我はない⁉」

アレッタとぶつかりそうになり、尻もちをついてしまった人に慌てて駆け寄る。そして、自分が誰とぶつかりそうになったのか気づく。

「ク、クリスティアン様……」

「アレッタ嬢……」

引《ひ》き攣《つ》りそうになる顔を根性で笑顔に固定し、クリスティアンに手を差し出すと、彼はにっこり笑って礼を言い、それに掴まった。そして……

「あの……離していただいても？」

「いいえ、離しません」

それにピクリと眉が跳ねるが、クリスティアンはそれに気づかず言葉を続ける。

「やはり、女性のアレッタ嬢を戦場に行かせるなんて……。アレッタ嬢、ここは貴女《あなた》に本当に相応《ふさわ》しい場所なのですか？　もっと穏やかな場所のほうが貴女《あなた》には似合っているように思えます」

切なそうに、心配そうに手を握られ言い募られる。それは、いかにも愛する女を心配する男に見えた。

アレッタはそれに苦笑した。

「ありがとうございます、クリスティアン様。穏やかな場所が似合うような女に見えるのなら、それはとても嬉しいことです。ですが、私はこの地で戦うことを選びました。民のために戦えることが誇らしいのです」

そう言って、取られた手を引き抜こうとするが、クリスティアンはますます手を強く握り込み、離そうとしない。

思わず眉をひそめるアレッタに、クリスティアンが言い募る。

「アレッタ嬢……、いえ、アレッタ。どうか、行かないでください。僕はこんなところより貴女《あなた》に相応《ふさわ》しい場にお連れしたいのです」

この一言に、アレッタの目が冷えた。

（こんなところ……？）

確かにこのベルクハイツ領は生きていくのに厳しい土地だ。しかし、こんなところ、などと言われるような土地ではない。

（だいたい、この人は私の力目当てのくせに、戦場から遠ざかりましょう、みたいなことをよく言えるわね）

沸々《ふつふつ》と怒りが湧き上がるのに、心はどんどん冷えていく。

（それに、この緊急事態に私をここに足止めして許されると思ってるのかしら？）

アレッタは間違いなく主戦力の一人である。クリスティアンは外部からの客人ゆえに丁寧に対応したが、これがこの地の人間なら殴り飛ばされているところだ。

「手を離してください、クリスティアン様。魔物の氾濫《スタンピード》が起きています。緊急事態なのです」

温度のない、ひどく平坦な声だった。

今までアレッタのこうした感情のない声を聞いたことがないクリスティアンは驚き、アレッタの目を見た。

「私はベルクハイツ家次期当主。この地を守る使命がある。それをいつまで阻んでおられるおつもりか」

じわり、じわりとその目に感情が滲《にじ》みはじめると同時に、圧力を放ちはじめる。

クリスティアンは無意識のうちに、ゴクリ、と唾を飲み込む。恐ろしいと思った。恐ろしいから、目を離してはいけないと思った。生物としての本能が、この目の前の少女が恐ろしい生き物だと警鐘を鳴らしていた。

「どけ」

たった一言。

その一言に、どれだけの覇気《はき》が籠められたのか。

アレッタの口からその一言が放たれると共に、クリスティアンの足から力が抜けた。アレッタはそれを睥睨《へいげい》し、無様《ぶざま》にも腰を抜かし、こちらを見上げるクリスティアンに最後通牒《さいごつうちょう》を投げつける。

「以前から私をこの地から離そうとするその言葉。それは私への侮辱と覚えておかれるがよろしい。今後、二度と、私の前には現れないでいただきたい」

そうして一切の興味を失くしたようにアレッタの目から感情が抜け、そのままクリスティアンの横を通り抜ける。

クリスティアンはただ茫然とそれを見送る。

そうして去っていくアレッタと入れ替わるように、従者が慌てた様子で足早にこちらへ近づいてきた。

へたり込んだ姿を見た従者が驚いた顔をして安否を尋ね、手を差し出してきたが、クリスティアンは苛立《いらだ》たしげにそれを撥ねつけた。

クリスティアンはさっさと立ち上がると、従者に冷ややかな顔で尋ねた。

「慌てていたようだが、どうしたんだ」

「はい、それが……」

声を潜《ひそ》め、耳打ちしてきた内容に、クリスティアンは目を見開く。

「それは本当か？」

「はい……」

頷《うなず》く従者に、クリスティアンもまたその顔に焦りをのせ、足早にその場から離れる。目指すは自室。フリオに差し向けた影が無残な姿で転がる現場である。

クリスティアンに宛てがわれた客室に転がるのは、白目をむき、口から涎《よだれ》をたらして気絶する簀《す》巻《ま》き姿の女の影だ。外傷はあまり見られないが、薬を使われたのか何をしても起きないそうだ。

舌打ちを一つし、頬を張ってみるもやはり起きない。

フリオの襲撃に失敗しただけでなく、ここに分かりやすく転がされていることから、明らかに襲撃者の正体も、その主もバレているのだろう。そして、この有様《ありさま》から他にも情報を抜かれている可能性が高い。

クリスティアンの脳裏に、潮時、という言葉が浮かぶ。しかし、ここで手を引けばこれまでかけた時間も労力もすべてが無駄になる。

クリスティアンは気づけずにいたが、本来の望ましい引き際はもっと前だった。いっそアレッタにその気がないと気づいた時点で諦めていれば、まだ打てる手は多かっただろう。しかし、引き際を誤ったせいで、もうどうにもならない状況に追い込まれていた。

それにクリスティアンが気づいたのは、影の懐《ふところ》に差し込まれた一枚の号外を読んでからだった。

「なんだ、これは……」

それを引き抜いて広げ、読み進めて目を見開く。

「こ、これは……」

書かれていたのは、ルダム聖王国の慶事だ。

筆頭聖女の婚約。相手は王太子候補と名高いグラハム・ジュール公爵令息。

「な、な、な……！」

号外には王太子の死以降、国内情勢に不安を感じていた国民の安堵《あんど》と喜びの声が載せられており、評判の良い筆頭聖女が将来の国母となることを祝福していた。それが意味するところは……

様子のおかしいクリスティアンを心配し、従者や護衛騎士が声をかけるが、彼はそれに応えない。

クリスティアンは号外を凝視し、ただただ震えていた。

＊＊＊

「《土隆昇《アース・ライジング》》！」

――ドゴォオォン！

荒野の戦場に響くのは、魔術によって生み出された破壊音である。

「おおー、こりゃあ、すごいな」

バーナードが魔術によって地中より打ち上げられた魔物――巨大モグラのジュエル・アイを見上げて笑う。

「ワームが出てきたのはこのせいですね。ジュエル・アイはワームの天敵ですから」

ディランもまたそれを見上げ、苦笑する。

「それにしても不思議だな。そのまま土の中に潜ってくればいいのに、深魔《しんま》の森の途中から必ず地上に出てやってくるんだから」

そして戦場となる荒野で再び地中に潜ろうとするのだが、そうなる前に片づけるか、今のように魔術で地上に打ち上げるのだ。ついでに他の魔物も打ち上げられており、グレゴリー達は落ちてきたところを狩っている。

そんなグレゴリーの呟《つぶや》きに、ゲイルが笑う。

「ああ、それは森の木の根が邪魔をするらしいぞ。途中で嫌になって地上に顔を出して、周りの生物を食い散らかすそうだ」

深魔《しんま》の森では、樹木も漂《ただよ》う魔素によってそれぞれ変質しているため、魔物でも相性が悪かったり、手を出せなかったりする木が多くある。そのため、地中に潜《ひそ》むような魔物も直接町にやってくるようなことはない。不幸中の幸いといったところだった。

そんなことをのんびり話しながら、ベルクハイツの四兄弟は落ちてきた魔物を狩り、時々戦場を走る人影に視線を向ける。目で追うのは、彼等の可愛い妹、アレッタである。

アレッタは刀を持ち、隆起し突き上げる大地を走り、飛び、宙を舞う魔物を的確に斬っていく。

――スパン！

恐ろしい切れ味をみせる刀は、一太刀でジュエル・アイの首を刎《は》ねた。

ジュエル・アイの大きさは、おおよそ三メートル。そんな巨大モグラは魔術師の手によってどんどん地中から打ち上げられ、宙でもがくところをアレッタに次々と仕留められていった。

(ジュエル・アイの肉は食べられたものじゃないけど、毛皮と目は高く売れるのよね)

モグラ型の魔物の中でもジュエル・アイと呼ばれるそれは、高濃度の魔素によって、元となる魔物から変質した姿のことを指す。変質前の魔物の姿とはその体格からして違うが、最も大きな違いは完全に見えなくなった目が、魔素の影響により宝石に変わってしまったところだろう。

その宝石は美しさもさることながら、希少価値も相まって相当な値がついている。

アレッタ達は的確に魔物を仕留め、すべての魔物を狩り終えた。最後に地中に狩り残しがいないかどうか魔術師によって魔力探査が行われ、すべての討伐が完了した。あとは狩った魔物を集めるだけである。

それは、アレッタがジュエル・アイの首を荷車に積もうとした時だった。

「あっ」

ジュエル・アイの瞼の向こうの色を見て、思わず声を上げる。どうしたのかと兄達がこちらを見る中、アレッタの目は宝石眼に釘付けになっていた。

そのジュエル・アイの宝石眼は、アレッタの瞳と同じ色をしていた。

エピローグ

魔物の氾濫《スタンピード》の第三波の後片づけを終えて屋敷に帰ってみれば、一部の人間が慌ただしくしている気配を感じた。魔物の氾濫《スタンピード》の影響で忙しくしているわけではない様子のそれに首を傾《かし》げていると、フリオが近づいてきた。

「お帰り、アレッタ」

「ただいま、フリオ」

微笑《ほほえ》み合い、フリオは怪我がないか確認するようにアレッタの全身を軽く見る。

「よし、怪我はないようだな」

「ええ、大丈夫よ。第三波は数が少ないしね」

今回の魔物の氾濫《スタンピード》は本当に小規模で、一時間もかからず鎮圧し終えた。怪我人は多少出たが、それも軽い打撲やかすり傷程度だったので、みんな溌溂《はつらつ》とした笑顔で兵舎に帰っていった。

「それよりフリオ、なんだかいつもより慌ただしい感じがするんだけど……」

アレッタの言葉にフリオは思い当たる節があったのか、意味深な顔をして笑った。

＊＊＊

「ベルクハイツ子爵、長々とお世話になりました」

「いえ。どうぞ、またいらしてください」

翌日、クリスティアン一行がルダム聖王国へ向けて出発した。クリスティアンは来た時のように人に好かれそうな綺麗な微笑《ほほえ》みを浮かべ、いかにも楽しい時を過ごしました、と言わんばかりだったが、その内心は嵐の如《ごと》く荒れているだろう――というのがフリオの推測である。

クリスティアンは、アレッタへのアプローチはなんだったのかというくらいにこちらに視線どころか意識すらも向けず、さっさと馬車に乗り込み去っていった。

「なんだったのかしら……」

「ざまぁ」

フリオの顔は非常に晴れやかなものだった。


さて、そんなクリスティアンの事情を知ったのは、彼が出立した日の午後だった。

「えっ。あの公爵令息様、筆頭聖女様ともう婚約したの!?」

「おう。どうやら王家のほうでもグラハム殿に王太子位に就いてもらいたかったらしいな。そのバックアップもあって予定よりかなり早く婚約が成立した」

仕事の合間の休憩時間にフリオにお茶に誘われたアレッタは、そこでクリスティアンの急な出立の理由を知ったのだ。

「国を離れている間に事《こと》がすべて終わってた、って感じかしらね。ここに来なければこんなことにはなってなかったでしょうに」

「そうかもな」

アレッタに目を付けなければベルクハイツの目に入ることはなかった。……ベルクハイツの伴侶――悪魔と呼ばれるような頭脳を持つ人間に、攻撃されるような行動をしたのが一番の失策だろう。

「それに、今回はレオン殿下にも少し動いていただいたからな」

まさかの我が国の王太子殿下の名前に、アレッタはそういえば、と目を瞬《またた》かせる。

「忘れてたな」

「う……」

そっと視線を逸《そ》らすアレッタに、フリオは苦笑する。

「事《こと》は国家間の和平に直結するからな。他の継承権を持ってる御仁《ごじん》は主戦派だったし、我が国の方針は外交重視で武力行使は最後の手段だ。そりゃ、何がなんでも反戦派のグラハム殿に王位を継いでもらわなけりゃ困るだろ」

そういう訳でレオン殿下にもお知らせして動いていただいた、と言うフリオだったが、どうにもその雰囲気がパシらせました、と言っているように見えるのは気のせいだろうか。

きっと気のせいだ、と己《おのれ》に言い聞かせ、尋ねる。

「それじゃあ、レオン殿下がルダム聖王国の王家に働きかけたの？」

「ほんの少しだけな」

内政干渉と言われかねないため、本当にギリギリを見極めて動いてもらったのだ。

「それと、グラハム殿に口をきいてもらったんだ。レオン殿下は外交官時代にグラハム殿と友好を深めていたからな。俺がいきなり話を持っていっても、門前払いされるだろ？　だからレオン殿下に頼んだんだよ」

なるほど、とアレッタが頷《うなず》いたところで、今度はフリオが尋ねてきた。

「ところでアレッタ、気になってたんだが、その箱はどうしたんだ？」

フリオの視線の先にあるのは、十センチほどの大きさの小箱だ。天鵞絨《ビロード》の張られた立派なそれは、外見から中に入っているものが高価であることを推測させる。

アレッタはにっこり微笑《ほほえ》んでその箱をフリオに差し出し、開けるよう促《うなが》した。

フリオは不思議そうな顔で受け取る。言われた通りに箱を開け、驚く。

「アレッタ、これは……」

「うん。ジュエル・アイの宝石眼。偶然、私の瞳の色と同じ色だったの」

箱に入っていたのは、先日討伐したジュエル・アイの宝石眼だった。直径五センチほどの緑色の貴石は、カットしていないままでも美しい輝きを放っていた。

「これならピアスの他にも作れると思うのよね。カフスボタンとか素敵だと思うの」

にこにこと嬉しそうにそう提案するアレッタに、フリオも嬉しそうに、そうだな、と頷《うなず》く。

そんなフリオの顔を見て、買って良かった、とアレッタは思った。

(高かったけど、それに見合うものは見られたわね。ローンを組んでもらえて良かった)

実はアレッタ、お小遣いが足らず、これを買うためにローンを組んだのだ。

嬉しそうなフリオを前に、頭の中で小遣い稼ぎの計画を立てていると、不意にフリオが呟《つぶや》いた。

「いや、待て。ジュエル・アイの宝石眼なんだから、もう一つ対のものがあるよな？」

「え？　あ、うん。そうね、確かにあったけど……」

唐突なその言葉にアレッタは目を瞬《またた》かせた。

「それがどうかしたの？」

不思議そうに首を傾《かし》げるアレッタに、フリオは慌てたように席を立った。

「どうもこうもない！　それだと、アレッタの瞳の色の宝石眼が他の誰かの手に渡るじゃないか！

冗談じゃない！」

「フ、フリオ、ちょっと、どうしたの⁉」

そう言うが早いか、執務室を飛び出したフリオを追うべく、アレッタは慌てて席を立つ。

廊下を競歩の如《ごと》きスピードで歩くフリオの隣に、アレッタもまた足を忙しなく動かして並ぶ。足の長さが違うので、走るより地味にきつい。

「もう一つの宝石眼も確保するんだよ！」

「なんでよ！」

一つで十分じゃないと言うと、フリオは足を止め、本気の顔で言い返した。

「お前の瞳の色の宝石は俺だけが持ってたらいいんだ！　他の奴に渡してたまるか！」

独占欲という名の素直な本音に、アレッタはポカンと呆気にとられ、暫《しばら》くして笑い出す。

「そう。そうね、私の瞳の色の宝石はフリオだけが持っていればいいわね！」

「そうだ！」

真面目な顔をしてお馬鹿で可愛いことを言う婚約者に、アレッタはますます笑みを深くし、隣に並んでその手をとる。

「それじゃあ、急がないとね。宝石眼は人気があるから、すぐ売れちゃうわ」

「おう！」

そうして二人はぎゅっと手を握り、歩く。

窓の外から春めいた穏やかな光が降り注ぎ、二人を明るく照らす。

どこからか入り込んだ桃色の花弁がひらりと舞い、窓の外では同じ色の花弁が豪奢《ごうしゃ》に踊る。

冬が過ぎれば春はあっという間にやってきて、鳥達が喜びを歌い、目覚めた蝶《ちょう》が穏やかな風に乗って羽を広げ、ミツバチが忙しなく花々の間を行きかう。

いずれ花弁は落ち、夏の光を浴びて実が生って、木々の葉が色づく秋になり、再び雪に閉ざされる冬が来るだろう。

そうして一年過ごし、再び春の喜びを隣にいるこの愛しい人と分け合うのだ。

アレッタは幸せそうに目を細める。

（私は、この地で愛する人と共に生きていく）

老いて、土に還《かえ》るその日まで、ずっと、ずっと……

新＊感＊覚ファンタジー！

Regina レジーナブックス

イラスト／しの

★トリップ・転生
転生した復讐女のざまぁまでの道のり
天敵は自分で首を絞めていますが、
更に絞めて差し上げます

はいから

我儘な幼馴染のせいで事故に遭い、異世界に転生した主人公。神様の加護を得た彼女は、辺境伯令嬢リリーナ・バジルとして新たな人生を歩むことに。全てを『天敵』である幼馴染に奪われていた前世とは違い、今世では自由気ままに生きてやる！　前世の知識を活かして楽しい日々を過ごす中、前世からの天敵であるアイリーンと遭遇して――？

イラスト／ゆのひと

★恋愛ファンタジー
もう当て馬になるのはごめんです！
元悪役令嬢、破滅エンドを回避する

えっちゃん

伯爵令嬢のエミリアは、弟の悪行の連帯責任で、婚約破棄と学園退学という憂き目に遭い、流行り病で命を落とす。その後なぜか、学園入学の数年前まで逆行してしまった。以前は接点のなかった元冒険者の有能執事ノアを得る反面、婚約者からは何故か以前以上に嫌われてしまうエミリア。悩んだ後、婚約解消だけなら死にはしない！と気持ちを切り替え学園生活を楽しんでいると……

詳しくは公式サイトにてご確認ください。

https://www.regina-books.com/

携帯サイトはこちらから！

この作品に対する皆様のご意見・ご感想をお待ちしております。

おハガキ・お手紙は以下の宛先にお送りください。

【宛先】

〒150-6008 東京都渋谷区恵比寿 4-20-3 恵比寿ｶﾞｰﾃﾞﾝﾌﾟﾚｲｽﾀﾜｰ８F
（株）アルファポリス　書籍感想係

メールフォームでのご意見・ご感想は右のＱＲコードから、
あるいは以下のワードで検索をかけてください。

アルファポリス　書籍の感想　検索

ご感想はこちらから

本書は、「アルファポリス」（https://www.alphapolis.co.jp/）に掲載されていたものを、
改稿、加筆のうえ、書籍化したものです。

乙女《おとめ》ゲームは終了《しゅうりょう》しました３

悠十（ゆうと）

2023年 6月 5日初版発行

編集－星川ちひろ、飯野ひなた
編集長－倉持真理
発行者－梶本雄介
発行所－株式会社アルファポリス
〒150-6008 東京都渋谷区恵比寿4-20-3 恵比寿ｶﾞｰﾃﾞﾝﾌﾟﾚｲｽﾀﾜｰ8F
TEL 03-6277-1601（営業） 03-6277-1602（編集）
URL https://www.alphapolis.co.jp/
発売元－株式会社星雲社（共同出版社・流通責任出版社）
〒112-0005 東京都文京区水道1-3-30
TEL 03-3868-3275
装丁・本文イラスト－月戸
装丁デザイン－AFTERGLOW
（レーベルフォーマットデザイン—ansyyqdesign）
印刷－中央精版印刷株式会社

価格はカバーに表示されてあります。

落丁乱丁の場合はアルファポリスまでご連絡ください。

送料は小社負担でお取り替えします。


ISBN978-4-434-32065-1 C0093